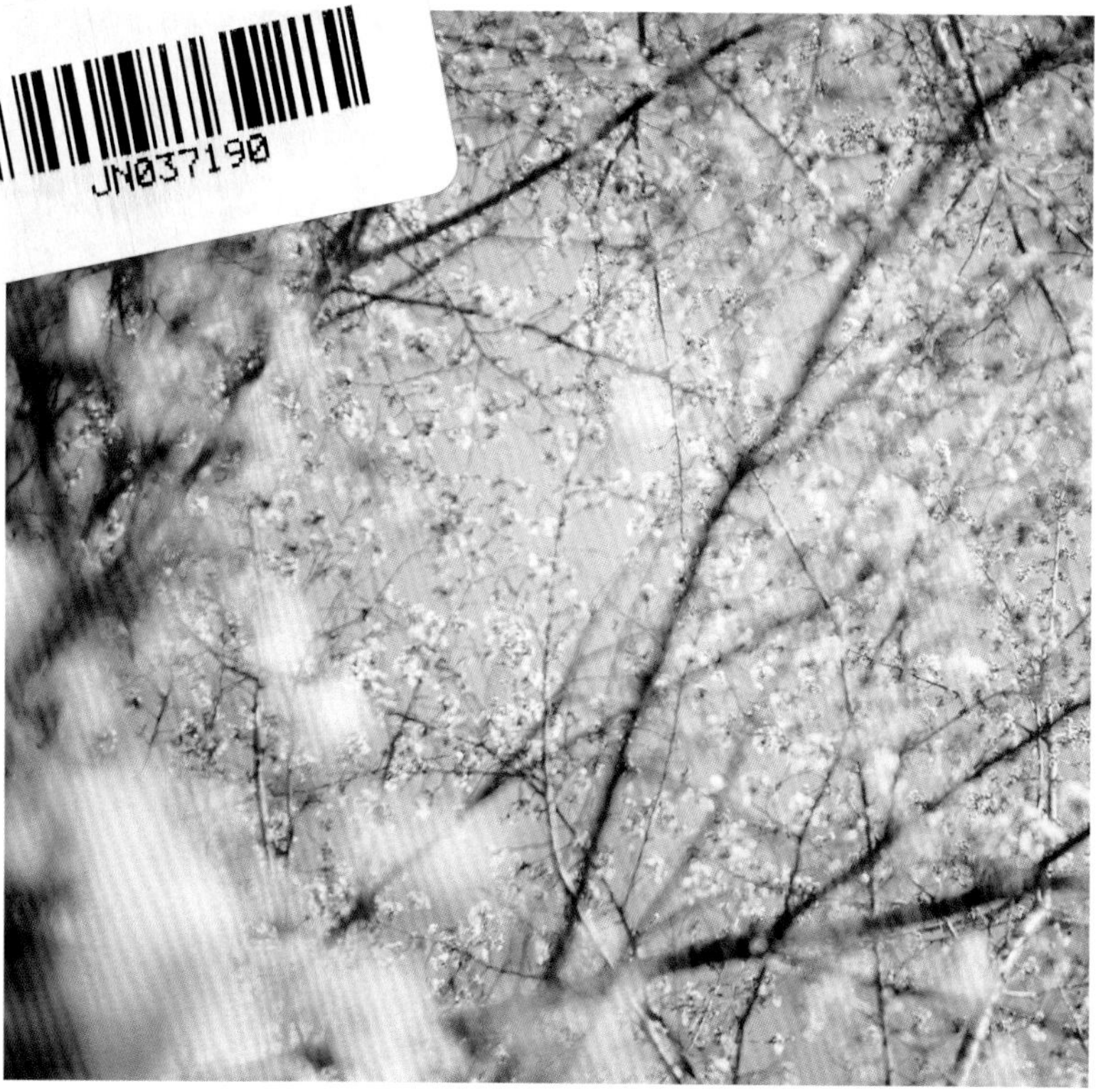

内 容
委員会活動
天気くもり
連絡事項

怪物

坂元裕二

本書は映画『怪物』の決定稿をもとにしています。映画本編では演出の都合により、一部変更されている箇所があります。

1　湖のほとり（夜）

山々に囲まれた町の、その中心に湖がある。

そのほとりを歩く子供の姿がある。

顔は見えないが、長い紐にプラスチック容器を取り付けたような、うなり笛を持っている。

紐を持って回すと、音が鳴る。

もう片方の手には着火マンを持っており、かちかちと点けたり消したりしている。

2　街道〜火災現場

半鐘が激しく叩かれる。

消防車に乗り込む消防隊員たち。発車する消防車。

走る二台の消防車。

前方に火災の起きている雑居ビルが見える。

雑居ビルにはスナックやガールズバーが入っていて、

火が上がっている。

消防車が現場に近付くにつれて野次馬が増えていく。

祭り帰りの浴衣姿の者もいる。店から避難した女の子たちが燃えるビルを見上げている。

自転車で消防車と競争して走る三人組の小学生（蒲田大翔、浜口悠生、広橋岳）の姿もある。

消防車の前を通るので、警笛を鳴らされた。

夜の空に向かって炎と煙が上がっている。

うなり笛の音が聞こえていて。

タイトル『怪物』

3　4月24日、麦野家（夜）

風呂場で、麦野早織(35)が足を洗い、嗅ぐ。

タオルで足を拭きながら居間に行くと、食卓に食べ終わった皿が放ってある。
消防車のサイレンが聞こえる。
早織「湊？」
二階に行き、ベランダに出ると、遠く雑居ビルの火災が見える。
早織「あー火事だ」
息子の麦野湊(11)が来た。
早織「見て見て、火事火事」
湊、パピコを持っていて、割った一個を早織にあげて、もう一個を食べながら柵から身を乗り出す。
早織「（湊の肩を抱いて）落ちないでよ」
早織が湊の少しクセっ毛で長めの髪をもじゃもじゃすると、湊は身をよじって避ける。
二人して火事を眺めていると。
湊「人間の脳を移植された豚は、豚？　人間？」
早織「うん？　何？」
湊「豚の脳を移植した人間は？　人間？　豚？」

早　織「（怖がって）なんの話？」
湊　「そういう研究のがあるんだって」
早　織「誰がそんなこと言ったの？」
湊　「保利先生」
早　織「（何か引く仕草をし）この保利先生？　最近の学校は変なこと教えんだね。人間じゃないでしょ。なんだっけ、あれ、フランケンシュタイン」
火災現場で放水がはじまったようだ。
早　織「はじまった。（大声で）がんばれー」
湊　「近所迷惑」
早　織「がんばれー」
パピコがこぼれて、さっきのタオルで口を拭く早織。

4　4月25日、麦野家（朝）

仏壇に朝ごはんを供えている早織。
亡くなった夫（麦野航平）の位牌と遺影、ラグビーのユニフォーム姿の夫と早織の若い頃の写真、息子の湊が幼かった頃の家族写真などが飾ってある。
台所で湊の水筒に麦茶と氷を入れる早織。
二階から降りてきて、そのまま玄関に行く湊。

早　織「待って待って」

5　麦野家の外

湊の登校を見送る早織。

早　織「組体操はさ、一番下が肝心なんだから頑張りなさいね」
早　織「いってらっしゃい。あ、白線はみ出したら地獄」
湊　「（苦笑）」
早　織「何ー、自分が考えた遊びでしょ」
湊　「子供の時でしょ」

そう言って走っていく湊。隣の家の庭から通りに向かって伸びているキンモクセイの枝に向かってジャンプする。届かなかった。

早　織「子供じゃん」

6　クリーニング店

パート中の早織、カウンターで客の広橋理美(35)から洗濯物を受け取りながら話している。

理　美「今さ、通ったら全焼だったよ」
早　織「一時頃まで消防車の音聞こえてたもん」
理　美「三階に女の子いる店あったの知ってる？」
早　織「短いの履いた子がティッシュ配ってたよね」
理　美「聞いたんだけど、その店に保利先生がいたんだって」
早　織「（え？と）」
理　美「犯罪じゃないけどさ、先生がガールズバーってね」
早　織「（想像し）さみしいのかな……」

7　街道沿いのドラッグストア・店内（夜）

早織、人目を気にしながら水虫薬を選んでいる。
物音が聞こえ、どきっとして振り返る。
後ろ手でキャリーバッグを引く男、保利道敏(37)の姿が見えた。
棚の一角をじっと睨んで動かない保利。
早織、水虫薬を棚に戻し、保利の元に歩み寄る。

早織「(笑みを作って会釈し)保利先生。保利先生ですよね。わたしあの、前に面談で、五年二組の麦野湊の母です」
保利「(目を合わさず、小さく会釈し)あー」
早織「ご自宅、お近くなんですか?」
保利「(曖昧に頷き、小声で)あー。あ」
早織「え?」

後ろから店員が商品を積んだカートを押して来て。

店員「失礼します」
早織「ごめんなさい」

避けて店員に道を譲る早織。
店員が通り終えて、早織、見ると、既に背を向けてキャリーバッグを引きながら立ち去っていく保利。

早　織「（何で逃げるのよ、と）……」

8　麦野家（夜）

レジ袋を提げて帰宅した早織、風呂場に行き、磨りガラスドア越しの湊の影に。

早　織「ごめんごめん、すぐご飯するから……」

戻ろうとして、変な感触があって自分の足の裏を見ると、無数の髪の毛がくっついていた。
床に髪の毛が散らばり、洗面台にハサミがある。
何で、と思って風呂場のドアを開けようとすると、湊は向こうから押し返してきて。

湊「今、全裸」

湊の髪が短くなっている。

早　織「何それ、何それ何それ」

湊「校則違反」

早　織「くせっ毛のこと？　え、蒲田くん？　また蒲田くんに言
　　われたの？　ねえ何それ」

9　5月15日、クリーニング店の表（日替わり）

衣類を集荷のバンに運んでいる早織。

10　麦野家（夜）

ケーキの箱を持って帰って来た早織、何で？と足元を見ている。
湊のスニーカーが一足しかない。

×　　×　　×

居間にて、早織と湊、父の遺影の前に誕生日ケーキを置き、歌っている。

早織・湊「♪ハッピーバースデーディア、お父さん　ハッピーバースデートゥーユー」

拍手する早織と湊。

早　織「（ケーキ見て）ちょっとまた小さくなったなこれ。お父さんなら二口だね」

湊「食べないでしょ。死んでるんだし」

早　織「聞こえてるよー？」

早織、夫の写真を湊に向けて置き直す。

早　織「はい、じゃあ、お父さんに近況報告して。学校のこととか、お友達のこととか、何で靴片っぽなくしちゃったのとか。正直にお父さんに話して」

湊、面倒そうに遺影に向かって、……。

早　織「声に出して」

湊「お父さん、お墓入る時、土かけられた？」

早　織「（え？と思いながら）お骨になってから入るんだから土はかけられないよ」

湊「もう生まれ変わってる？」

早　織「え……だったら会いに来て欲しいけどね」

湊「生まれ変わったのがカメムシだったらどうする？」

早　織「お父さんはもっと立派なものになってるよ」
湊　「じゃ、キリン？」
早　織「見上げちゃうね」
湊　「ベランダから会えばいいよ」
早　織「馬がいいな。お父さん、好きだったし、乗せてもらえるじゃない」
湊　「（早織を見つめる）」
早　織「（照れて）ほら、近況報告」
湊　「喋ったらお母さんに聞こえるよね」
早　織「わかったよ」

仕方なく外に出る早織。
早織、遺影に話しかけている湊をドア越しに心配そうに見つめる。

11　5月16日、麦野家（日替わり、朝）

湊の部屋にて、ベッドに横になっている湊の額に手のひらをあてている早織。

早織「熱はないけど。どうした？　起きれない？」

反応の薄い湊。

早織「学校休む？　病院行こうか」

湊「（首を振る）」

早織「行ける？　じゃあ、起きて、支度しようか」

早織、部屋を出て行きかけて、通学バッグから水筒がはみ出しているのに気付く。

早織、また出し忘れてる、と手にし、部屋を出る。

×　　×　　×

早織、冷蔵庫から麦茶を出して用意し、水筒の中身を流し台に出す。

出て来たのは小石の混じった泥水だった。

早織、ひっ、と。

湊「実験。理科の」

早織「……」

12　6月7日、麦野家（日替わり、夜）

台所で、晩ご飯の支度をしている早織。湊の帰りを遅く感じ、時計を見る。

スマホで湊にかけてみるが、出ない。

13　街道

『土砂災害　指定区域避難場所』を案内する看板が立っている。

自動車を駐め、早織がスマホで話している。

早　織「自転車乗ってました？　ええ。どこ走ってました？　ええ。ええ……え？」

早織、振り返り、山の方を見上げる。

14　道路

15　トンネルの中

湊の自転車の脇に自動車を停め、懐中電灯を持って降りて来る早織。
古びて朽ちた看板に『旧富淵鉄道跡地』とある。
早織、懐中電灯で周囲を照らしながら歩き出す。

早　織「湊ー？　湊ー？」

暗いトンネルがあった。
廃線跡のようだ。
早織、え、まさか、と思う。
懐中電灯を照らし、入って行く。

早　織「湊ー？　湊ー？」

暗く、不安定な足元、懐中電灯で照らしながら歩いてくる早織。
足を踏み外し、転びそうになる。
進めずにいると、向こう側で何やら光が舞っているのが見えた。
湊が立っていて、まるで信号でも送るようにスマホの懐中電灯の光を振っていた。
何か呼びかけている。

湊「か－いぶつ、だ－れだ。か－いぶつ、だ－れだ」
足元が濡れるのも構わず駆け出す早織。

早織「湊」
湊は手に花を持っている。

16 道路

自宅に向かって走る自動車。
バックミラーにピンで留めてある花。
運転している早織。
助手席の湊は耳に怪我をしている。

湊「ごめん」

早織「うん？　耳、痛い？」

湊、何か言ったが、対向車線を通った大型トラックの音で聞き取れなかった。

早　織「うん？　ま、お父さんはそんなもんじゃなかったけどね。ラガーマンだったから、ただいまーって帰って来て、普通に複雑骨折してるんだよ（と、笑う）」

湊は俯いている。

早　織「そういう男らしいところ好きになってさ。結婚して、湊が生まれて。今はお母さんだけだけどさ、お父さんに、約束してるんだよ。湊が結婚して、家族を作るまでは頑張るよって。どこにでもある普通の家族でいい。湊が家族っていう、一番の宝物を手に入れるまで……」

突然シートベルトを外した湊、ドアノブを開けようとしはじめる。

早　織「駄目、そこ触ったら……」

湊、ドアロックを上げ、ドアノブを引いた。

ドアが開き、開いたまま走行する車。

外に飛び降りようとする湊。

早織、ハンドルを切りながらブレーキを踏む。
車が道路脇に突っ込んで、停まって、開いたドアから湊が放り出された。

17 救急病院

早織、看護師に連れられてCT検査室に向かう湊を見守っている。
足を止め、室内に入るのを躊躇する湊。
早織「念のためだし、（頭を示し）診てもらお」
不安そうに入って行く湊。

18 帰り道

自販機で買ったあったかいお茶を両手で握って寒さをしのぎながら帰る早織と湊。
湊「もう車返してもらえない？」

早　織「返してくれなかったらお母さん、警察で暴れるよ。（微笑って）大丈夫」

早織、わざとおどけて両手を広げ、白線の上を歩く。

湊も一緒になって白線の上を歩く。

湊「お母さんさ。レントゲン見た？」

早　織「ＣＴ？　見たよ」

湊「……」

早　織「うん？　どこも異常なかったよ？」

湊「……」

早　織「うん？　全然なんとも……」

湊、感情が込み上げたように、ううっと呻きながら顔が歪んで、しゃがんでしまう。

早　織「（驚き）どうした？　どうしたの？」

湊「（首を振る）」

早　織「学校で何かあった？　食べるの遅いこと？」

湊「（首を振る）」

早　織「じゃ、なんで髪短くしたの。なんでスニーカーなくしたの。(怪我している耳に触れ) これどうしたの。うん?」
湊「豚の脳なんだよね」
早織「(え、と)」
湊「湊の脳は豚の脳と入れ替えられてるんだよ」
早織「(絶句し)……」
湊「そういうところなんか変って言うかさ、化け物っていうかさ……」
早織「誰に言われたの? 蒲田くん? 蒲田くんでしょ?」
湊「(首を振る)」
早織「じゃあ誰? 誰に言われたの?」
湊「……保利先生」
早織「(呆然とし)……」

19 麦野家・湊の部屋

寝ている湊の手を握っている早織。

早織「昔お父さんがしてくれた話。人の手にはね、柔らかいところと固いところがある。人は手をそのどちらでも使うことが出来る。手は人を傷つけるためにあるんじゃなくて、ゆっくりと触れて守るためにあるんだって」

早織はそう言って湊の手を握りしめる。

20　6月8日、小学校の駐車場（日替わり）

バンパーがへこんで、車体にはまだ草と泥のついたままの自動車が走ってきた。
駐車しようとして、柵にリアバンパーがぶつかった。
降りてくる早織。

21　昇降口

靴箱が並ぶ中、入って来る早織。
スリッパを忘れてしまった。
五年二組の靴箱があり、麦野と書かれたものを見つけて、湊の上履きを出そうとする。
ふと気付くと、生徒の木田美青(11)が立っており、怪訝そうに早織を見ていた。
美青「(靴箱を見て)麦野くんのママ?」
早織「うん……」
美青「麦野くん、今日お休みだよ」
早織「知ってる」
美青「そうか、ママだもんね。教室行くの?」
早織「職員(室と言いかけて)校長室って」
美青「(指さし)校長室は向こう。でも校長先生はそこ(と、反対側を示す)」
早織、見ると、廊下の床に這いつくばっている用務員のような服装の女性、伏見真木子(63)。
床の汚れをお好み焼きのコテで剥がしている。
伏見「(剥がしながら)これね、家で使ってたやつなの。(顔を上げ、保護者だと気付き)あ、ごめんなさい」

22　校長室

向き合って座っている早織と伏見。
上履きを履いておらず、靴下のままの早織。
早　織「体操着袋を廊下に捨てられたり、授業の支度が遅れただけで給食を食べさせてもらえなかったり、そういうことがあったって」
伏見、話を聞きながらメモを取っていて。
伏　見「はい」
早　織「叩かれて、腕をきつくねじられたり、耳から血が出るくらい引っ張られたり。先生、痛いですってお願いしたら、嘘を言うなって言われて、で……おまえの脳は豚の脳なんだよ。これ痛い目に遭わないとわからないだろ、って」
伏　見「はい」
早　織「（はいじゃなくて、どう思うのかと思い）いや……」
その時、入って来る教頭の正田文昭(52)、学年主任の品川友行(40)、神崎信次(32)の三人。

正田「（伏見に）遅くなりました」
神崎「お母さん、ご無沙汰してます。二年の時の……」
早織「（表情が緩み）神崎先生。どうも。え、今って……」
神崎「新一年生を……」
早織「あー。大変でしょ」
神崎「戦場ですね」
早織笑っていると、伏見は会釈し、出て行く。
早織「（え？　行くの？と驚いて）」
正田たち、テーブルに筆記用具を揃えて。
正田「ご用件をお聞かせいただけますでしょうか」
早織「（少し苛立って）いや、今校長先生に説明して……」
神崎の視線が早織の足下に行く。
早織、自分の靴下の指に穴が開いていることに気付き、指先を折り曲げて隠す。
品川「校長は所用がございまして」
早織「生徒のことなんですよ、他にどんな用があっても……」
正田「校長は先日、お孫さんを事故で亡くされたばかりでして、

　その用件なんですが、どうしてもとのことでしたら……」
早織「いえ、ごめんなさい。知りませんでした……」
神崎「（靴下なのを見て）スリッパ、お持ちしましょうか」
早織「すいません……（と、指を折り曲げ、靴下の穴を隠す）」

23　6月9日、麦野家（日替わり）

　居間で、白いシャツにアイロンをかけている早織。
　体重をかけて皺を伸ばしていく。

24　小学校の駐車場

　少し綺麗になったが、バンパーはへこんだままの自動車を駐車する早織。
　またリアバンパーを柵にぶつけた。

25　校長室

校長の机の上に、亡くなった五歳の孫の女の子と伏見との笑顔の写真が飾られてある。
写真を見て、気後れしている早織。
伏見が入って来た。

伏見「お待たせしました」

続いて、正田、神崎、品川、最後に顔を伏せた保利が入って来た。

早織「（保利を睨んで）……」

伏見「それでは、お問い合わせいただきました件に関しまして、保利の方より謝罪の方をさせていただきたく思います」

正田「（目線を送って、保利を促す）」

保利「（俯いたまま）えー」

正田「（保利に小声で）立って」

保利、面倒そうな息をつき、立ち上がる。
後ろ手を組み、早織を見ずに、棒読みで。

保利「えー、このたびは僕、わたしの指導の、えー結果？　麦野くんに対し、対しましての、誤解を生むこと、こと、なりましたことと、非常に残念なこと、思って？　おります。申し訳ございませんでした（と、頭を下げる）」

席を立ち、頭を下げる伏見、正田、神崎、品川。

早織「……え？」

座る保利。

伏見たちはまだ座ってなかったので、また立つ保利。

早織「え？　え、それで？」

伏見「申し訳ございませんでした」

早織「違います、違います違います、ちょっと待ってください。あの、あ、一回座りませんか」

保利、伏見たちを見る。

伏見たち、座り、それを見た保利も安堵して座る。

早織「息子はこの先生から実際にひどいことを言われて傷ついたんです。誤解、っていうんじゃないんです」

伏見「指導が適切に伝わらなかったものと考えております」

早織「指導ってどれのことですか。え、どれですか」

伏見「慎重を期すべき指導があったものと考えております」

早織「確認していいですか？　保利先生、息子に暴力をふるったんですよね？」

保利は鼻をかもうとして、ティッシュを出している。

伏見「誤解を招く点があったかと思われます」

早織「何も誤解してないんですよ……」

保利、鼻をかんだ。

早織「（気になりながら）この先生に叩かれて、息子は怪我したんです。わかってます？」

伏見「ご意見は真摯に受け止め、今後適切な指導をしてまいりたいと考えています」

早織「（笑ってしまって）何でわかんないかな。殴ったんですか、殴ってないんですか、どっちかで答えてもらえますか。はい。（もう一度促して）はい」

品川が伏見に書類を示す。

伏見「（見て）教員の手と麦野湊くんの鼻の双方の接触がござ

いましたことが確認出来ております」
早織「接触。殴ったということですよね」
伏見「手と鼻の接触がございました」
早織、手を伸ばし、伏見の鼻に指をくっつけて。
早織「手と鼻の接触ってこれだよ？　腕をねじったり耳をひっぱったりは、接触とは違うでしょ」
保利が袋入りの飴を取り出し、かさかさと包みを開けて口に入れ、舐めはじめた。
早織「え？　今口に何入れました？」
保利「（口に飴が入ったまま）飴？」
早織「何で飴食べてるの？　今なんの話してるかわかってる？」
保利「（首を傾げ）まあ、こういうのって母子家庭の家にはありがちっていうか、まあ、うちも……」
正田「保利先生（と、止める）」
早織「シングルマザーがなんですか？」
保利「親が心配し過ぎるっていうか、母子家庭あるあるっていうか……」

早　織「わたしが過保護だって言うの……」
伏　見「ご意見は真摯に受け止め、今後はより一層適切な指導を
　　心がけてまいります。どうかご理解ください」
正　田「(保利を見て、促す)」
保　利「申し訳ございませんでした」
　　全員が立って、深々と頭を下げる。
早　織「(困惑して)」

26　麦野家の部屋(夜)

　　居間で、テレビのどっきり番組を見ながら笑って、
　　晩ご飯を食べている早織と湊。
早　織「やらせかな。普通こんなのに騙される?」
湊　「テレビで観てるから嘘だってわかるんだよ」
　　番組内で女装したゲイのタレントが登場し。
ナレーション「次のターゲットは目下ブレイク中のミスカズオ」
ミスカズオ「もっちもちよー」

持ちネタらしきギャグをしている。
笑う湊。
早織、そんな湊を見て、安堵し、一緒に笑う。

27　6月22日、麦野家（日替わり、夜）

居間、晩ご飯の支度をしていた早織、財布を手にし。
早織「ごま油忘れちゃったからコンビニ行ってくるね」
宿題をしている湊、落とした消しゴムを拾おうとしていて。
湊「うん」
出て行く早織。

×　　×　　×

レジ袋とスイカを持って帰って来た早織。
早織「ごめんごめん。横井さんからスイカもらっちゃって……」
先ほどとまったく同じ姿勢で、消しゴムを拾おうしている湊。

早織「……何してるの？」
湊　「消しゴム落としちゃったから」
拾って、また宿題をはじめる湊。
早織、怪訝に思って、湊の額に手を当て。
早織「熱ある？」
答えない湊。
早織「……（思い当たって）保利先生にまた何か言われた？」
答えず、震えている湊。

28　6月23日、小学校の駐車場（日替わり）

自動車がまたフェンスに当たる。

降りてきた早織、玄関に行こうとすると、コソコソした様子で校舎裏に行く保利と美青が見えた。

美青が保利の腕を引いている。

早織、顔をしかめて見据え、……。

29

校長室〜廊下

伏見、品川、神崎と向き合って話している早織。

伏見「当校は教育委員会の指導の元……」
早織「（遮って）何もね、変わってなかったんですよ。保利先生の暴力は続いてたんですよ」
伏見「改めて事実確認を致しまして……」
早織「今確認してって言ってるの、言ってるんですよ」
伏見「はい」
早織「はいじゃなくて」
伏見「ええ」
早織「はいをええに変えてって言ったんじゃないよ」
伏見「（頷く）」
早織「わかってます？　わたしの言ってること」
伏見「教育委員会の指導の元、学習指導要領に基づき……」
早織「こんなんもう転校するしかないじゃん」

表情には出さないが、それでも構わないと思っているであろう教員たちの沈黙。

早織「二年生の時の神崎先生はいい先生でした。湊が参観日に作文を読んだんです。僕の夢はシングルマザーになることですって。わたしがね、ひとり育ててるもんだから、自分も力になりたいって、そういう思いで書いたみたいで。クラスのみんな、大笑いしました。男はシングルマザーになれないよって。でもね、神崎先生は笑いませんでした。お母さんに優しくしてあげてね、そうひと言添えて褒めてくれたんです。この学校の教師が全員ひどい人だとは思わないけど、でも少なくとも一番上に立っている人は最低です。あなたには人の心っていうものがない」

伏見「申し訳ございま……」

早織「そうじゃないよ、謝って欲しいんじゃないよ。不祥事とか不始末とかあっても、でも学校っていうのは、人が人を育ててる場所なんだっていう、確かなものが欲しかったんだよ」

伏　見「（黙っていて）」
早　織「保利先生を呼んでください」
伏　見「あいにく保利は外出中で……」
早　織「さっきいました、わたし見ました、そこで。校長先生、今嘘つきましたよね。今外出中って言いましたよね」
品川が書類を出し、顔を突き合わせてぼそぼそ話した後に。
伏　見「外出というのは出かけているという意味ではなく……」
早　織「ちゃんとしろよ！」
早織は声を荒げるが、無表情な伏見たち。
早　織「あのさ。みなさん、目が死んでるんですけどわたしが今話してんのは人間？」
伏　見「はい」
早　織「答えてもらえます？　わたしの質問に」
伏　見「人間かどうかということでしょうか」
早　織「違うけど、いいやそれで、いい、答えて」
伏　見「（書類を見ようとする）」

早織「紙見ないとわからないの？」
伏見「人間です」
早織「でしたらね、こっちだって子供のこと心配して来てるんだし。ひとりの人間として向き合ってもらえませんか？　今だけでいいんで、お願いします」
早織、伏見を見つめ、訴えるが。
伏見「ご意見は真摯に受け止め……」
早織、思わず置いてあった自分のバッグを投げる。
校長のデスクにあった、孫との写真に当たる。
床に落ちる写真立て。
早織「……ごめんなさい」
早織、席を立ち、写真立てを拾う。
早織「ごめんなさい（と、伏見に差し出す）」
伏見「ありがとうございます」
伏見、写真立てを受け取り、元の位置に置く。
その時、ドアが開いて正田が顔を出し。
正田「（早織に気付き）……」

正田、そのままドアを閉める。

早織、察して席を立ち、部屋を出る。

部屋の外の廊下で、正田から隠れるよう促されている保利の姿があった。

正田、早織に気付き、保利の腕を引いて、逃げようとする。

追う早織。

吹き抜けの周りをぐるぐる回る。

出て来る伏見、品川、神崎も右往左往する。

早織「(遂に保利と対峙し、睨む)」

保利「(伏見たちに) 謝ればいいんですか? (早織に) どうもすみませんでした (と、棒読み)」

早織「……(伏見たちに) こんな学校がいる先生に、こんな先生がいる学校に子供預けられないでしょ。この人、辞めさせてください」

保利「(ふっと笑って)」

早織「(それに気付きながら) 辞めさせてくれないなら、わた

　し、この学校を訴えます」
保利「（にやにやしていて）」
早織「わたし、何か面白いこと言ったかな？」
保利「そんな、興奮しないでください」
早織「興奮してないよ。わたしはただ、当たり前のことを当た
　り前にお願い……」
保利「あなたの息子さん、イジメやってますよ」
早織「（驚き、伏見たちを見る）」
正田「（保利に）君、何を言ってるの」
保利「麦野湊くんは星川依里って子をイジメてるんですよ」
正田「（早織に）そのような事実はありません」
神崎「保利先生、訂正して」
保利「麦野くん、家にナイフとか凶器みたいなもの持ってたり
　しません？」
早織「何言ってんの。何デタラメ言ってんの。駅前のキャバク
　ラ行ってたくせに」
保利「はい？」

早織「あー、わかった、あんたが店に火つけたんじゃないの？
放火したんじゃないの？　頭に豚の脳が入ってんのはあ
んたの方でしょ」

30　法律事務所の前（夕）

早織、不安だが、思い切って入って行く。

31　麦野家（夜）

二階の湊の部屋、切ったスイカを持って入ってくる
早織。
ひどく暴れた後なのか、カーテンが落ち、本棚が倒
れ、本、学校のもの、衣服などが床に散乱している。
しゃがみ込んで呆然としている湊。
早織、小さな頃に描いたであろう家族三人で海水浴
に行った時の絵が破れているのを手に取る。

早　織「（笑顔にし）まあ、お母さんもこういう時、全然あるよ。
発散だね、発散した方がいいんだよ」
反応しない湊。
早織、棒状に丸まった紙の包みに気付く。
中身を取り出してみると、着火マンだった。
目を逸らす湊。
早　織「……バーベキュー、はしてないもんね」
冗談ぽく言ってみるものの不安が込み上げる早織。

32　6月26日、住宅街〜星川家の表（日替わり）

早織、スマホの地図を見ながら歩いてくると、一軒屋があり、表札に『星川』とある。
インターフォンを押そうとすると、ガムテープが貼ってある。背後から声。
早織、……。
依里の声「はい」

33　星川家の室内

早織、振り返ると、星川依里(11)が立っている。

早織「星川くん？　星川依里くん？　湊のお友達だよね？」

人なつこい笑顔で頷く依里。

早織、依里に招かれて玄関に入って来て、気付く。

湊のスニーカーが片方だけ置いてあった。

早織「このスニーカー、湊のに似てる」

依里「うん、貸してくれたの」

早織「片方だけ？」

楽しいことを思い出したように笑う依里、スリッパを出して。

依里「どうぞ」

早織「お母さんって、お留守？　よそのおばちゃん、うちに入れちゃって怒られない？」

依里「怒らないよ」

部屋は片付いているが、ベランダに大量のごみ袋が積んであるのが見えた。
テーブルにはトイレットペーパーが置いてある。

依里「麦野くん、風邪治らないの？」

早織「うん……あのね」

依里「手紙書く？」

早織「うん？」

依里「お休みの子に書くやつ。待ってね」
依里、学校のバッグからノートとペンを取り出す。
『麦野くんへ』と書きはじめる。

早織「あ、ありがとう」
依里、『風邪、大丈夫ですか。みんな心配しています。早く元気になってください』というような定型の手紙を書きはじめる。

早織「（なんとなく見て）あれ、星川くん、ここ、みの字が裏返し、鏡文字になってますよ（と、指摘して微笑む）」
依里、特に答えず、台所で水を汲んできて、早織に出してあげる。容器はプリンの瓶だ。

早　織「ありがとう」

依里の腕に火傷の跡がある。

早　織「それ、どうしたの？　火傷しちゃったの？」

隠し、自分の水を汲みにいく依里。

早　織「（不安だが、聞く）星川くん、あなた、学校で、いじめられたりとかしてる？」

34　6月27日、小学校の校長室（日替わり）

伏見、正田、品川、神崎、保利の前で、早織に付き添われた依里が話している。

依　里「麦野くんにいじめられたことないです」

早織、よし！と高まる思い。

納得いかない保利、依里の腕を掴んで。

保　利「何言ってるんだよ、星川」

依　里「あと、保利先生が……」

正田「わかったわかった。君はもう教室に……」
早織「保利先生が何⁇」
依里「いっつも麦野くんを叩いたりしてます。みんなも知ってるけど、先生が怖いから黙ってます」
早織「（保利と伏見を睨む）」
正田「（依里に）教室戻ろう」
正田と品川、神崎、依里を連れて部屋を出て行こうとする。
逃げるように出て行く保利。
伏見も出て行こうとして。
早織「逃げないでください」
伏見「申し訳ございま……」
早織「校長先生、お孫さんを亡くされましたよね」
伏見「……」
早織「聞きました。ご主人が駐車場に車を停めようとして、そこで遊んでいるお孫さんを轢いてしまったそうですね。悲しかったですか。苦しかったですか。それ、わたしの今の気持ちと同じです」

伏　見「……」

部屋の外から何かガラスが割れる音が聞こえた。

早　織「（我に返り）すいません」

35　7月8日、小学校の集会室（日替わり）

様子をうかがうようにして入って来る早織。
出入り口に立って、中を見る。
五年生の保護者たちが整列している。
舞台袖から出て来る保利。
保利、壇上に立ち、伏見からマイクを受け取る。
顔を上げ、保護者たちに向けて話しはじめようとする。
しかし言葉が出ず、俯いた。
保護者たちがざわつく。

保　利「……えー、五年二組担任の保利です。えーっと、今日は
みなさんにお詫び、をします。私は、五年二組の麦野湊

くんに、えー、暴力をふるいました。えー、麦野くんの顔を殴りました、腕をねじりました。あと、耳を引っ張るとかしました。あと、ひどい言葉をたくさん言いました。麦野くんに誤解を与え、傷付けてしまいました。大変申し訳なく思っております……」

相変わらずの棒読み口調だ。

早織、呆れたようにして出て行く。

36 昇降口の表

出て来た早織、帰ろうとすると、新聞記者、前坂恭子(34)が会釈し。

前坂「麦野さんでしょうか？」

前坂、名刺を差し出し。

早織「(受け取り見て) うち新聞取る余裕ないかな」

前坂「(首を振り) 社会部の記者をしています」

早織「あ……」

37　7月20日、麦野家（日替わり、朝）

居間にて、早織、地方紙の記事を見ている。
大きな見出しで、『体罰教師、小五生徒に「おまえの脳は豚の脳」と罵倒』などとある記事。
登校する支度をした湊が入って来たので、慌てて新聞を隠すようにしまう。

×　×　×

食欲旺盛に朝ご飯を食べている湊。
安堵し、優しく見守る早織。

早織「お代わりする？」

×　×　×

午後になって。
早織、訪れている前坂と話していて。

前坂「学校は密室です。問題を隠蔽しようとする日本の教育には声をあげるべきです」

38　小学校の階段

早　織「でも、おかげさまで担任の先生も替わりました」
前　坂「ああいう教師は追放するべきです。わたしが知ってる週刊誌とも連動して、どんどん盛り上げていきますから」
早　織「（盛り上げる？と思う）」
置いてある早織のスマホが鳴り出して、画面に小学校の名前がある。

靴下のままの早織、正田と共に急いでいて。
早　織「階段って、階段から落ちたってどういうことですか？」
正　田「ちょっとはっきりしないんですが……」
悠生と岳が話しているのが聞こえる。
生　徒「保利先生から逃げてて落ちたんだって」
早　織「（驚き、正田に）なんであの人がいるんですか？」

39　生徒相談室

正田に連れられて入って来る早織。
パーテーションで仕切られた奥に行くが、その場所には誰もいない。
正田「あれ、さっきまで……」
窓が開け放たれて、風でカーテンが揺れている。
まさかと思う二人。
正田、緊張しながら窓に近付く。
早織「やめてやめてやめてやめてやめて」
正田、窓の外を見て、違いますす違いますと首を振る。
早織も窓の外を確認し、安堵する。
正田「大丈夫です、今確認して……」
その時、窓の外から聞こえてくる管楽器の音。
校内のどこかで吹かれているようだ。

×　　×　　×

待っている早織。

不安が抑えきれずに部屋を出ようとした時、先にドアが開き、正田に連れられた湊が入って来た。

正　田「（苦笑し）トイレに行ってたそうです……」

早織、ぽかんとしている湊を抱きしめる。

40　7月21日、クリーニング店の外（日替わり）

風が強くてのれん旗がばたばたしているのを回収し、店内に運ぶ早織。

41　スーパーマーケット

早織、食材を籠に入れていると、母親の傍を離れた小さな姉弟が走り回っている。

レジに向かうと、総菜コーナーに、コロッケなどをパックに詰めている伏見がいた。

早織、声をかけようか迷っていると、さっきの姉が伏見の傍らを走り抜ける。
伏見、コロッケを詰めながら、すっと足を出す。
引っかかってしまって、派手に転ぶ姉。
見ていた早織、……。
起き上がり、膝をさすりながら母の元に行く姉。
早織に気付いた伏見、今の振る舞いを見られていたことにも気付いたようだ。

早織「……（見据えて、会釈する）」
伏見「（苦笑混じりの笑みを浮かべて会釈し）」
背を向け、去って行く伏見。
早織「（その後ろ姿を睨んで）」

42 麦野家の前（夕方）

買い物から帰って来た早織、家に入ろうとすると、
湊の声が聞こえる。
振り返ると、湊が広い通りの方に手を振っている。

湊「じゃあね。また明日ね」
　走って来る湊、早織の姿に気付き、木の枝に向けて
　ジャンプした。
　笑顔でガッツポーズする早織。
湊「ただいま」
早織「おかえり」
　早織、湊の手を繋いで歩き出す。
湊「無理無理（と、離そうとする）」
早織「（離さず）スマホだってコンセントに挿すでしょ、人間は
　こうやって充電するんだよ」

43　麦野家（夜）

　居間、巨大な台風が近付いているという気象情報が
　テレビから流れている。
　早織と湊、二人で協力して窓に破損防止のガムテー
　プを貼っている。

早　織「明日は家でごろごろしてよっか」

×　×　×

湊の部屋、眠っている湊の寝顔を見つめている早織。
眠る湊の目から涙が浮かぶ。
早織、え、と思っていると、目を開ける湊。

湊「……お父さん、いた」
早　織「夢に出て来てくれたの？」
湊「お母さんに伝言頼まれた。ありがとう、って。いつもありがとう。大好きだよって」
早　織「……えー。お父さんに大好きなんて言われるの久しぶりだなあ。お父さん、お母さんのこと怒ってなかった？」
湊「全然」
早　織「本当？　お母さん、駄目だから、ちゃんとしてあげられてない気がするから、湊がかわいそうでさ」
湊、表情が曇り、そして早織の手を握り。
湊「お父さん、生まれ変わってるかな」
早　織「かもね」

湊　「僕は何に生まれ変わるかな」
早織「（苦笑し）湊はまだまだ生きてるでしょ」
湊　「うん」
早織「変なこと言わないの」
湊　「うん。お母さん、僕はかわいそうじゃないよ」

44　7月22日、麦野家（日替わり、早朝）

早織の寝室、物音が聞こえて、目を覚ます早織。
時計を見ると、朝六時前だ。

×　　×　　×

台所に来ると、何やらこぽこぽと音がしている。
流し台の排水口が鳴っている。
ガムテを貼った窓のサッシががたがた鳴っている。
ベランダの窓を開けると、まだ空は暗く、激しい雨が降り、強風が吹いている。
二階に上がり、湊の部屋を覗いてみる。

湊の姿がなかった。

早　織「湊？（廊下に）湊？　トイレ？」

ひっかけてしまい、机に重ねて置いてあったカードが風に飛ばされて床に散らばる。

消防車のサイレンと警笛の音が聞こえてくる。

カードには『カラス』『クモ』『トカゲ』『ブタ』『ナメクジ』など生き物の名前が書かれてあり、さらに『カイブツ』という一枚がある。

何だろう？と思っていると、窓の外から声がする。

保利の声「麦野。麦野」

早　織「……」

45　4月24日、街道の歩道橋〜道路（夜）

消防車が火災現場に向かって走り、歩道橋をくぐる。

歩道橋をお祭り帰りの浴衣姿の者たちが通る。

欄干によりかかっている保利と鈴村広奈(31)。

広奈、数匹の赤い金魚が入ったビニール袋を保利に突き返し、歩き出す。
保利、キャリーバッグを引きながら追いかけて。

保利「どうしたの」
広奈「今何言った？」
保利「結婚しようって」
広奈「そういうのって、プロポーズってさ、夜景が綺麗な場所とかで言うものなんじゃない？」
保利「夜景。夜景って、みんな綺麗綺麗って言うけど、あれ電球だよ。フィラメントだよ。今一度自分自身に問い直してみて？　見渡す限り無数に並んだ電球、好き？」
呆れて階段を降りていく広奈。
保利「あーごめんごめんごめんごめん……」
階段を降りると、自転車に乗った大翔と悠生と岳がいて、雑居ビルの火災をスマホで撮影している。
保利「蒲田、浜口。コラ、広橋。何してるの」
大翔たち、スマホを保利と広奈に向ける。

保利「コラコラ、何撮ってんの。早く帰りなさい……」
雑居ビルの五階にあるサウナの看板が折れて落ちた。

46 マンションの保利の部屋

大量の本が乱雑に積んである。
保利、窓の外を見ながら。
保利「あいつら、ちゃんと帰ったかな……」
広奈、水槽の中で一匹だけ腹を上にして泳いでいる金魚を見て。
広奈「保利くんみたい。かわいそう」
保利「僕はかわいそうじゃないよ」
保利、キャリーバッグからジャンルに一貫性の無い十冊以上の本を取り出しながら。
保利「それは転覆病。失礼だな、僕は心体共に健康だよ」
保利が持ってる本には付箋がたくさん貼ってある。
広奈「誤植見つけて出版社に手紙を送る趣味を持った人が？」

保利「見てよこれ。目から魚が落ちた（と、笑って）なんの魚だろうね。ブリかなイワシかな」
広奈「もっと楽しい趣味見つけたら？」
保利「身悶えるほど楽しいんだけど」
広奈「保利くんが楽しそうにしてる顔、怖いんだよね。生徒も引いてると思うよ」

保利、甘えるように広奈によりかかる。

広奈「笑ってみ」
保利「（笑う）」
広奈「笑顔が硬いんだよ。子供泣くよ」
保利「（笑う）」
広奈「花が枯れる。ま、変にいい先生ぶらないで、自分らしくしてるのがいいと思うよ」

頷く保利、広奈に身を寄せて、太ももに手をやる。

広奈「ゴムないんじゃなかったっけ」
保利「大丈夫だよ」
広奈「（保利の手を戻して）女のまた今度ねと男の大丈夫だよ

は信じるなって学校で教えてないの？」
保　利「大丈夫だって」
広　奈「また今度ね」

47　4月25日、小学校の校門あたり（日替わり）

低学年の生徒たちとじゃれあって登校する保利。
登校する湊、大翔、悠生、岳の姿が見えた。
脱げた靴を履いている依里の姿もある。
保　利「（笑顔で）おはよう」
淡々と会釈する湊たち、無邪気な笑みを向ける依里。
保　利「（そんな依里に微笑み返しつつ、思うところあって）」

48　職員室

保利、依里の名簿を見ながら正田と話している。
正田は卒業生からもらったチンアナゴに餌をあげて

いる。

保利「保護者面談の日程を出してもらえなくて」

正田「気を付けた方がいいかもしれませんね。こどもより親の面倒の方が大変な時代だからね」

保利「やっぱりクレーマーみたいな親っていますか」

正田「モンスターですよ、モンスター。教師受難の時代です」

伏見が入って来た。

教師全員が緊張する。

伏見、全員に向かって礼をし。

伏見「本日からまた職務に復帰します。あたたかいお見舞いの言葉をくださったこと、感謝致します」

教師たち、優しい拍手を送る。

伏見、保利の元に来て。

伏見「先生の着任早々留守をしてしまって」

保利「いえ」

伏見「子供たちをよろしくお願いしますね」

保利「はい」

49　五年二組教室

教壇に立っている保利、何やら古い原稿用紙を読み上げている。
生徒の中に、湊、大翔、美青、依里の姿がある。

保利「太陽が眩しい。海の匂いを胸いっぱいに嗅ぐ。いつもと違う匂いがする。僕は生まれ変わったんだ。僕は誓う。絶対に西田ひかるさんと結婚します。五年二組保利道敏」

生徒たちを見るが、しーんと静まり返っている。

保利「（あれ、と思いつつ）ま、作文というのは、素直な気持ちを書けばいいいんだよね。テーマは……」

黒板にチョークで、『将来』と書く。

50　街道沿いのドラッグストア（夜）

店内を見回している保利、誰も見ていないことを確認し、棚のコンドームをひとつ手に取る。

それは『人生が変わるうすさ』と表記されたもので、他に『愛を知るうすさ』というのもある。

迷った末に『愛を知るうすさ』を選んで、ふと見ると、『関ヶ原』と書かれたものもあった。

保利、『関ヶ原』にして、レジに向かおうとすると、通路の先に早織がいた。

早織は水虫の薬を選んでいる。

保利、慌てて引き返そうとして棚にキャリーバッグを引っかけ、コンドームを落としてしまう。

早織が歩み寄って来て、会釈した。

保利、足下のコンドームが気になり、目を合わせられない。

早織「保利先生。保利先生ですよね。わたしあの、前に面談で、五年二組の麦野湊の母です」
保利「（コンドームを気にしながら、会釈し）あー」
早織「ご自宅、お近くなんですか？」
保利「（コンドームを気にしながら）あー。あ」

早　織「え？」
店員が商品を積んだカートを押して来て。
店　員「失礼します」
早　織「ごめんなさい」
保利、コンドームを棚の下に蹴り入れようとする。
しかし支柱に当たって戻って、早織の足下に行く。
保利、焦ってキャリーバッグを掴んでその場を離れ、
逃げるように店を出る。

51　5月12日、小学校の廊下〜五年二組教室（日替わり）

授業に向かう保利と同僚教師の八島万里子(27)。
保　利「先生は好きな子の結婚式に二回出たことがあります……
これ、子供らに受けますかね？」
八　島「保利先生が言うとストーカーっぽいですよ。夢中になる
のはキャバクラだけにしましょうね」
含み笑いしながら行く八島。

保利、どういうこと?と思っていると、教室から騒がしい物音が聞こえてきた。
入ると、生徒たちが騒然としている。
湊が生徒たちのロッカーに入った体操着袋などを出し、片っ端から床に投げ捨てている。

保利「麦野、くん。何してんの」
肩を掴んで止めようとするが、湊は抗い、荷物を放り出し続ける。

保利「麦野くん。やめなさい」
保利、止めようとして、肘を湊の顔に当ててしまう。
呻き、しゃがみこむ湊。

保利「あ、ごめん、大丈夫?」
鼻を押さえている湊。

保利「なんでこんなことするの。(生徒たちに)どうした? なんで?」
黙っている生徒たち。

保利「(湊に)うん? ふざけてた?」

湊　「（首を傾げ）なんか、イライラして……」
保利「イライラって。こんな風に持ち物捨てられたら、みんな、どう思うと思う？」
保利、『麦野湊』のラベルが貼ってあるロッカーから体操着袋を出し、ぽんと放り投げる。
保利「どう思う？　うん？」
湊　「……嫌です」
保利「でしょ。だったらみんなに謝ろうか。はい」
保利、湊を生徒たちの方に向かせる。
湊　「ごめんなさい（と、頭を下げる）」
湊の鼻から血が垂れ、床に落ちた。

52　5月15日、小学校のグラウンド（日替わり）

保利の指導の元、組体操の練習が行われている。最下部にいて、必死に耐えている湊。
湊の上には依里が乗っている。

保利、一番上の生徒が立ち上がるのを見ていて。

保　利「よしがんばれ、よしよしがんばれ、がんばれー」
　潰れてしまった。

保　利「おいおいー、それでも男か（と微笑み、手を貸す）」

53　6月7日、小学校の職員室（日替わり）

学級日誌を読んでいる保利。
五分前チャイムが鳴る。

正　田「うちは開校以来、一度もイジメがない学校なんですよ」

保　利「やっぱり学校でイジメがあると、教育委員会から処分されるんですか？」

正　田「無いでしょ？」

保　利「ありません、もちろん」

54　廊下～五年二組教室

保利、教室に入ると、生徒たちが騒然としている。
湊が依里に馬乗りになって、髪を引っ張っていた。
絵の具のチューブが床に散乱し、二人共、絵の具まみれだ。
保利、湊を引き離そうとして。

保　利「麦野。麦野。コラ」
保利も絵の具まみれになりながら、強く引き剝がす。
机の角に耳をぶつけて倒れる湊。
保利、依里の体を抱き起こして。

保　利「大丈夫？」
依　里「（笑顔で頷く）」
保　利「（何で笑ってるんだと思いながら）どうした？　何してるんだよ。何があったの？」
生徒たちはみんな黙っている。

保　利「こういうイジメ（と言いかけてやめて）こういう激しい遊びをして怪我でもしたらどうするの」
依　里「ごめんなさい。僕が先に麦野くんを叩きました」

保　利「なんで」
依　里「組み体操の時、揺れるから」
保　利「そんなこと？　もー、そんなことで……」
　　怪我をした耳たぶから血を垂らしている湊が自分の頭を床にごんごんとぶつけている。
保　利「な、何してんの」

55　街道（夜）

　　買い物したレジ袋を提げて、歩いてくる保利と広奈。
広　奈「その子んち、シングルマザーなんだ？　だからでしょ？」
保　利「うちだって母子家庭だけど」
広　奈「逆に過保護なっちゃうし、うがった見方しちゃうんじゃない？」
保　利「うがった見方を間違った見方という意味で使うのは誤用だよ。本来は本質を深く掘り下げるという……」
　　広奈、リラックス効果と書かれた袋から出した飴を保利の口に入れる。

広奈「大変な時こそ肩の力抜かないと」

広奈、飴の袋を保利のポケットに入れる。

広奈「小学校の先生の名前なんて覚えてる？」

保利「おぼえてない」

広奈「どうせ忘れちゃうんだからさ、適当でいいんだよ」

保利「(頷き)明日、早く終わるから待ち合わせして買い物行こうよ」

56 6月8日、小学校の事務雑庫〜廊下(日替わり)

保利、広奈宛てにLINEで『17時に駅前で』と書いて送信する。

ワックスの缶とモップを持って、廊下に出る。

血相を変えた正田と品川と神崎が来て、保利を見つけると。

神崎「いた、いました」

三人で保利を押し戻して。

神崎「麦野湊の保護者が抗議に来てます」

保利「はい？　え、なんの抗議ですか……」

正田「君は目つきが悪いし、感じも悪いからここにいなさい」

保利「僕、何もしてません。誤解があるなら説明します」

正田「話が大きくなると困るの。保護者の相手は僕らの方が慣れてるから、ね、任せなさい」

動揺する保利を残し、戻って行く正田と品川。

神崎「先生、ご存知ないでしょうけど麦野の家はお父さんが亡くなられてて……」

保利「知ってますよ。でもそれは今別に（関係ないでしょ）」

神崎「面談の時、中学受験するって言ってませんでした？」

保利「ああ、はい、言ってましたね」

神崎「いじめで転校みたいなことになったら、受験とか無理ですよ。麦野の将来を守るためでもあるんです。ね」

保利「……」

×　　×　　×

57 職員室

夜で、少しドアを開けて外の様子を見ている保利。
座るが、落ち着かず、また立ち上がって、歩き回る。
スマホを開くと、広奈からのＬＩＮＥに『今日はもう帰るね』とある。

伏見、正田、品川、神崎に囲まれ、弁明している保利。

保利「殴ってません。たまたま手が当たっただけです」
伏見たちは納得していないようだ。
保利「僕から保護者に説明します。麦野くんが暴れてるのを止めただけだって……」
正田「児童のせいにしたら親御さんの怒りに火が点くでしょ」
品川「教育委員会に持ち込まれたら、学校全体が処分されることになるんです」
正田「下手したら全員……」

保利「でも実際に……」
伏見「実際どうだったかはどうでもいいんだよ」
保利「（え、と）」

58　6月9日、小学校の校長室（日替わり）

保護者対応の確認をしている保利、品川、正田。
保利「えー、わたくしの指導の結果、えー」
品川「えーはいらないですね」
保利「（頷き）麦野湊くんに……」
品川「はじめから」
保利「わたくしの指導の結果、えー」
品川「えーはいらない」
保利「（わかってるけどと思いながら）はい……」
伏見、写真立てをデスクに置く位置を探っていて。
伏見「（正田に）保護者の方が座る位置に座ってください」
正田、席に着く。

59　職員室（夜）

伏見「そこから見えます？（と、写真を示す）」
正田「はい、見えます、ばっちりです」
　伏見、そこに写真立てを置く。
　保利、何の写真だろう？と思って見ると、伏見と孫が写っている笑顔の写真だった。
保利「（伏見を見て、おそろしいものを感じ）……」

　残っている保利と八島。
　八島、帰り支度をしながらコソコソと話す。
保利「写真をね、こう、見えます？って……」
八島「校長はまだ出世考えてるんじゃないですか」
保利「にしても……」
八島「うち、近所なんですけど、例のあれ、本当は校長先生なんじゃないかって噂あるんですよね」
保利「はい……？」

八　島「駐車場で孫を轢いたの、ご主人じゃなくて、校長先生本人なんじゃないかって」

保　利「……」

60　6月14日、小学校の廊下〜五年二組教室（日替わり）

保利、教室に入ると、依里がひとりいる。

保　利「星川。どうした、4時間目音楽じゃないのか？」

自分のロッカーの前で体操服袋を開けたりしている。

依里は上靴を履いておらず、裸足だった。

保　利「……上ばきは？」

依　里「（微笑って）わかんない」

保　利「わかんないって」

保利、教室を見回す。

ごみ箱の中から二足の上履きを見つけた。

保　利「（なんで、と）」

依　里「そこにあったんだー。先生、ありがとう」

保利、わざとらしく感じるもののハンカチを出して汚れを拭いてから依里に手渡す。

上靴を履いた依里、元気に教室を出て行った。

保　利「（教室を見回し、何が起こっているんだろう、と）」

61　6月22日、小学校の廊下～男子トイレの前（日替わり）

休憩時間、保利、歩いていると、男子トイレから湊が出て来た。

保　利「お。出たか？（と、小便する真似）」

目を合わさず、挙動不審な様子で去る湊。

保利、怪訝に思って男子トイレに入る。

誰もおらず、奥の個室の扉が閉まっていて、『故障中　使用してはいけません』と貼り紙がある。

開けようとするが開かず、がたつかせてみる。

問題ないかと思って、出ようとすると。

依里の声「かーいぶつ、だーれだ」

保利、え？と思って引き返し、ドアを強く引くと、留め金が落ちて開いた。
依里が立っていた。
保利を見て、微笑う依里。
振り返ると、廊下から、湊がこっちを盗み見ている。
保　利「（やはり、おまえか、と睨む）」

62　6月23日、校舎裏あたり（日替わり）

美青に腕を引かれて来る保利。

×　　　×　　　×

話している保利と美青。
美　青「わたしが見つけた時にはもう冷たくなってて」
保　利「猫が……？（と、顔をしかめる）」
美　青「見たんだよ。麦野くんが猫で、（おびえたように）遊んでるのを」
保　利「……」

63　職員室

保利、正田と話している。

正田「（苦笑し）またあの親が来ちゃうでしょ」
保利「本当のことを話せばいいじゃないですか」
正田「それじゃまるで何かあったみたいじゃないの」
保利「何かあったんですよ、いじめが」
正田、保利の肩をぽーんと叩いて。
正田「（笑って）もう！　保利せんせーい」
と言って、行ってしまう。

64　6月27日、小学校の校長室前の廊下（日替わり）

飛び出してくる保利、正田と品川、神崎に連れられて行く依里を追う。
振り返り、こっちを見る依里。

保利「星川」
　正田に促されて背を向け、行ってしまう依里。
保利「星川」
　追おうとした保利、美青がこっちを見ているのに気付く。
　保利、はっとして歩み寄って。
保利「木田さん、来て。この間先生に教えてくれたこと、校長先生たちの前でも話してくれないかな」
美青「（おびえたように）……」
保利「麦野が猫を殺したのかもって話だよ」
美青「わたし、そんな話してません」
保利「え……（美青の肩を掴み）なんでそんな嘘つくんだよ」
美青「痛い」
　神崎が戻って来て、保利を美青から引き剥がして壁に押さえつける。
　全日本吹奏楽コンクール優勝記念のガラス製のトロフィーが落ち、音をたてて割れる。

顔をぐいぐい押されて、呻く保利。

65　7月3日、小学校の職員室（日替わり）

職員会議が行われている。

保利、配られた書類を見ると、『アンケート　保利先生のことを教えてください』とのお題がある。

質問事項のはじめに『保利先生が麦野湊くんを叩くのを見たことがありますか』とある。

保利「なんですか、これ……」
全員が面倒そうに目を逸らしている。
保利「なんですかこれ。なんなんですかこれ。なんですかこれ」
正田、法律事務所の名前入り封筒を置き。
正田「先方は弁護士を雇ったの。学校に内容証明が届いてるの」
保利「……」

66　五年二組教室〜廊下

生徒たちがアンケート用紙に書き込んでいる。

『保利先生が麦野湊くんを叩くのを見たことがありますか？』の質問を見て、隣の生徒と顔を見合わせながら『ある』に丸をする生徒。

続けて、『体操着を投げ捨てたのを見たことがありますか？』の質問にも『ある』に丸をする。

廊下からその様子を見て、呆然としている保利。

67　住宅街、星川家の前（夕方）

星川の表札のある家を訪れた保利。

覗き込むと、庭にごみ袋が溜まっているのが見える。

顔をしかめていると、スーツ姿で会社帰り風の男、星川清高(42)が来た。

清　高「はい？」

保利「あ……あ、突然すみません。わたくし、保利と申しまして、依里くんの担任の者です」

清高はレジ袋を提げており、缶チューハイのロング缶が三本入っている。

清高「(品定めするように保利を見て) 先生か」

保利「依里くんのことでお話したいことがございまして」

清高、やれやれとため息をつき、ロング缶を出す。

清高「大学どこ？　学校の先生って給料安いらしいね」

保利「(首を傾げる)」

清高、ロング缶を開けて、飲んで。

清高「メガシティ不動産知ってる？　僕、そこ出身」

保利「そうですか、すごいですね……」

清高「すごかないけどさ、ま、小学校の先生から見たらね」

保利「あの……」

清高「確かにご迷惑でしょうけど、学校に言われなくても、息子のことは責任持って考えてますから」

保利「迷惑……いえ、彼はすごくいい子です」

清高「（苦笑し）ダメダメ、あれはね、化け物ですよ」
保利「……はい？」
清高「頭の中に、人間じゃなくて、豚の脳が入ってるの」
保利「……」
清高「だからね、わたしはあれを人間に戻してやろうと思ってるの。クソ女が放棄した子育てをしっかりやり遂げようと思ってるの」
保利「（驚きながら）すいません、何か誤解が……」
清高「それともあれですか、先生も同類ですか。ブー（と、微笑って）あ、やっちゃった」
胸元から股間までこぼれたチューハイを手のひらでばたばたと拭く。
保利「（異様なものを感じ）……」

68 7月8日、小学校の階段の踊り場〜集会室（日替わり）

保利、部屋の外におり、ドアの隙間から保護者たちが集まっているのを見ている。
保利、耐えられず、引き返そうとすると、伏見と正田が立っている。
保利「僕、やってません。本当にやってません」
伏見「でしょうね」
保利「（え、となって）だったらこんなことやめてください。お願いします」
正田「今頃反論したって、余計批判が集まるだけでしょ」
保利「だったらなんであの時……」
伏見「あなたが学校を守るんだよ」
保利「……」
伏見、壇上に行き、保護者たちに話しはじめる。
伏見「おはようございます。お忙しい中お集まりいただき、大変恐縮です。残念ですが、あってはならないことが起こってしまいました。（こっちを見て）保利先生」
保利、壇上に向かう。

69　廊下（夜）

保利、歩いてくると、作業着姿の伏見が床にしゃがんで、コテで廊下の汚れを落としていた。

伏見「（作業を続けながら）お疲れさまでした」

保利「……本当は誰が運転してたんですか？」

構わず作業を続ける伏見。

保利「あなたには校長って立場があるから、名前出たら困るからご主人に身代わりになってもらったんでしょ？　そんなに体裁が大事ですか？　隠したって孫を死なせた罪は消えませんよ」

構わず作業を続ける伏見。

保利「（いたたまれず）……」

70　7月9日、保利のマンションの表（日替わり、夜）

保利と広奈が連れだって帰って来る。

買って来たブランドものの服の袋を持っている。

保利「しょうがないからさ、麦野にも謝ったの。でもさ、麦野はわかってるわけじゃん。自分の方に原因があるって。なのに俺が謝ったら、はいって。何ではい？　どういうつもりだろ。何ではい？」

広奈「（スマホを見るなどしていて）」

保利「こっちは内申書に影響するとかかわいそうだから、そういうことにしてあげてるのにさ……」

広奈「はいはい、保利くんは優しいね」

保利「（え、となって、動揺し）俺は別に……」

71　同・廊下

保利と広奈が連れだって帰って来る。

保利「最近忙しかった？」

広奈「（どこか気まずそうに）まあ、かなあ。今日もちょっと仕事残ってて……」

エントランス前に前坂とカメラマンが立っている。
カメラマンが二人に向けてカメラを構える。
前　坂「どうもこんばんは。城北小学校の保利先生ですよね。(ブランドの袋を見て) お買い物の帰りですか？ (と言いながら名刺を出す)」
保　利「……」

72　マンションの保利の部屋 (夜)

窓の外を見て、前坂が帰ったか確認している保利。
広　奈「写真撮られてたよね」
パジャマを紙袋に詰めている広奈。
保　利「何でパジャマ。泊まっていかないの？　なんで？」
広　奈「なんでっていうか、別に大変そうだし」
保利、帰ろうとする広奈を追って玄関に行き。
保　利「大変じゃないよ。確かに色々あったけどさ……」
広　奈「さっきわたし、写ってなかったよね？」

保　利「写ってても新聞に載るのは俺だけだよ。ねえ、俺は無実
　　　だって言ったよね。わかってるよね？」
広　奈「わかってるよ。元気出してね。連絡する」
　　　微笑んで出て行った広奈。
　　広奈はブランドものの買い物袋を置いて帰った。

73　7月20日、マンションの保利の部屋（日替わり）

地方新聞、週刊誌を読んでいる保利。
新聞には『体罰教師、小五生徒に「豚の脳」と罵倒』
とあり、『日常的な体罰』『明るかった生徒が不登校
に』などとある。
保利は赤ペンを手にし、誤字を探している。
週刊誌には、『風俗店に頻繁に出入り』と書かれて
あり、保利の写真が載っている。
ノックの音がして、はっとしてドアを開けると、誰
もおらず、ドアノブに袋がかかっている。

中を覗いた瞬間、うっとなって口元を押さえる。

74　小学校の昇降口の表

歩いてくる保利。
すれ違う生徒はみんな、目を逸らして道を空ける。
湊の姿がある。
保利、湊に向かって歩み寄って行く。
背を向け、逃げる湊。

75　階段～屋上前

保利、階段を駆け上がり、逃げる湊を追う。
屋上前の扉まで来て、湊を追い詰めた。
保利「なんで?」
湊、逃げようとするが、保利、塞いで。
保利「俺、君になんかした?　わかんないんだよ。教えてよ。

何か間違ったこと言った？　何？　なんで？」

首を振る湊。

保利「何もしてないよね？」

頷く湊。

保利「……（思わず笑ってしまって）あ、そうなんだ。へえ。あ、そう、あ、そう。ふーん」

湊、笑っている保利の脇をすり抜け、階段を駆け下りていった。

保利、笑っていると、階下から女子生徒たちの悲鳴が聞こえた。

76　屋上

保利、柵の前まで来て、足をかけ、またぐ。

靴が脱げ、下まで落ちて行って転がった。

怖くなるが、目を閉じて、向こう側に倒れ込もうとした時。

どこからかホルンの音が聞こえてきた。

目を開け、なんとなく聴き入ってしまう。

屋上の扉が開き、品川たちがきた。

保利はホルンの音を聴き続けている。

77　7月22日、湖（日替わり、夜）

激しい雨が降り、強風が吹いている。

水面が波打っている。

78　マンションの保利の部屋

がらんとした部屋は段ボール、ビニール紐で結んだ教科書や本が積まれ、引っ越し途中のようだ。

片付けをしている保利、水槽の金魚を見て、どうしたものかと思う。

水槽を抱えてトイレに行く。

流してしまおうかと思うが、出来ずに、引き返す。
足をぶつけて、水槽の水をどばっと溢してしまう。
見ると、子供たちの作文にもかかってしまっていた。
慌ててタオルを持って来て、作文を拭きはじめる。

保利「あー。あーあ。あー」

必死に、丁寧に拭いていて、ふと手が止まる。
子供たちの、文字、文字、文字。
辛くなって、放り出してしまう。
片付けに戻ろうとするが、もう一度作文を手にする。
『将来』というタイトルが目に入る。
読みはじめてしまう。
にやにやしたり、切なくなったりしながら、次々と
読みふける。
次の作文を手にすると、『麦野湊』のものだった。
思うところありながらも読む。
読み進めていて、あれ?と思うことがある。
保利、赤ペンを手にし、疑問点に印を記していく。

読み終えると、山から『星川依里』のものを探し、
読みはじめる。
気になる点に赤ペンで記していく。
読み終えて、二つ並べる。
あ、と気付くことがあって、赤ペンで線を描く。

保利「（見つめ、何だろう、何だろう、これはどういうことだろう、と）」

79　麦野家の前（朝）

ずぶ濡れの保利、二階の部屋に向かって呼びかける。

保利「麦野。麦野。ごめんな。先生間違ってた」
しかし返事はない。
保利「間違ってないよ。なんにもおかしくないんだよ」
その時、玄関のドアが開き、早織が出て来た。
保利「お願いします。麦野くんに会わせてください」
早織「（悲壮な表情で）生まれ変わるって何？」

80
街道

激しい雨が降る中、通行止めの手前で自動車が止まっている。
早織が運転席に、保利が助手席に座っている。

保利「（え、と）」

早織「小さい頃から、目を覚ますといつも泣いてるんだよ。好きな人がいなくなる夢を見て、いつも泣いてるんだよ。優しい子なの……なんで湊がいないの？」

保利「（その言葉を聞きながら、思うことがあって）……」
前の車がUターンしてきて引き返していった。
消防団員が窓を叩き、保利、開ける。

保利「子供を見ませんでしたか」

消防団員「子供？　いないいないない。避難命令出てるんだよ、山で土砂崩れがあって」

保利「土砂崩れ？」

消防団員「この先の鉄道跡地だよ」
早　織「……」
　バックミラーに留めてある、ドライフラワーになった花。
早　織「(あ、と思い当たって)」
　早織、車から降りて、通行止めを抜けて走り出す。
　保利も降りて早織を追う。
消防団員「ダメだ。山行ったら死んじゃうぞ」
　その言葉に動揺する早織。
　保利、支えて。
保　利「大丈夫」
早　織「あの人が死んじゃうって」
保　利「死にません」
早　織「湊が死んじゃうって」
保　利「死なないって言ってるでしょ。死なないでいい、今のままでいいって言ってあげてください」
　保利、早織の腕を引く。

81　道路

前方に見える山に向かって走る二人。
防災スピーカーのサイレンが鳴る。

走ってきた早織と保利、トンネルに入って行く。

82　廃線跡地

トンネルを抜けて、走って来た早織と保利。
目の前の光景に呆然とする。
片側の山が崩れている。
何かが木々と土砂で埋まっている。
横倒しになった電車の一台の車両だ。
早　織「（呆然と見つめ）湊……」
二人、駆け出し、土砂の山を登る。
転びながら、車両の上に行く。

素手で土を掻き出しはじめる二人。

早織「湊」

保利「おーい、星川」

早織「湊」

保利「星川、おーい」

土を掻き出し、車両の窓が露わになった。

早織と保利、二人で窓枠に手をかけ、開ける。開いた。

早織、窓枠から車内に向かって叫ぶ。

早織「湊」

しかし車内はがらんとし、誰もいなかった。

早織、保利、……。

83 4月24日、拘置所の接見室

透明なアクリル板越しに向き合っている伏見と、拘留中の夫、楽しげに話している。

伏　見「あー、そういうことかって」
夫　「なるほどね」
伏　見「（思い出し笑いし）スーパー行ってね、好きなもの買いなさいって言ってるのに、好きなお菓子を買うとお菓子泥棒が出るから嫌なのって」
夫　「お菓子泥棒」
伏　見「いるんだって。目を離すと、お菓子持って逃げちゃうんだよって」
夫　「（ははっと笑って）」
伏　見「誰なんだろうね。誰なんだろうね。って」
夫　「なるほどね」
伏　見「なんでもなるほどねって。すごく面白い話だったなって思うんだけど」
夫　「いや、面白いよ」
伏　見「昨夜思い出したの。明日から学校戻るから、今のうちにこのこと、教えておかなきゃって思って」
夫　「まあ、こっちは大丈夫だから」

伏　見「うん」
夫　「お墓はどうするって」
伏　見「別で用意するって」
夫　「うん」
伏　見「それがいいと思ったけど」
夫　「そうだね……（思い出して笑って）お菓子泥棒か。いや、
　面白いこと言うね」
伏　見「（微笑って）ね」

84　湖のほとり（夜）

煙草を吸っている伏見。
前方から歩いてくる人影がある。
依里の声「かーいぶつ、だーれだ」
姿が見えてきて、依里だった。
うなり笛を持っていて、回している。
伏見とすれ違う時、何か落とした。

伏見、拾うと、着火マンだった。

伏　見「（依里の後ろ姿に）これ」

戻って来る依里。

伏　見「（依里に見覚えがある気がする）」

依　里「ありがとう」

伏　見「（着火マンを持っている理由を聞こうと思うがやめて）どうぞ」

着火マンを渡す。

依里、着火マンをポケットにねじ込み、走って行く。

伏見、見送っていると、消防車が二台走ってきた。

見ると、その行く先の空が赤く染まっている。

火事のようだ。

伏見、振り返ると、既に依里の姿は消えている。

85　麦野家

湊の部屋。

外から消防車のサイレンと警鐘の音が聞こえる。
スマホを持ったまま眠ってしまっている湊。
スマホはライブ配信画面で、雑居ビルの火災現場が映されている。
画面の中、大翔、悠生、岳たちが話していて。
大　翔「ペペロンチーノは犬の種類ではありません」
悠　生「わかった、工具、そういう工具」
大　翔「だめー」
湊、目を覚ます。
指先で目元を拭ってみて、泣いていたことに気付く。
スマホを見ると、大翔たちが戯れていて。
悠　生「やめてくださーいやめてくださーい」
大　翔「お、星川依里だ（と、微笑って）やめてくださーい」
悠　生「やめてくださーい」
湊、ぼそっと。
湊　「全然似てない」
岳　「ねえねえ、ホリセン」

大　翔「女だ。ホリセン、女といる」
悠　生「ガールズバーだよ、絶対ガールズバーの女だよ」
画面を見ると、スマホのカメラが向けられ、保利と広奈が映っている。
保　利「コラコラ、何撮ってんの。早く帰りなさい」
画面に、雑居ビルのサウナ店の看板が転落するのが映される。

86　4月25日、通学路（日替わり）

登校する生徒たちの中、湊がいる。
前を歩く生徒の中に依里の姿。
ふいにこっちを向いた依里と目が合う。
依　里「（微笑み、わざと丁寧に）おはようございます」
湊「おはよう……」
依　里「昨日何時に寝た？」
依里の首のあたりに痣のようなものが見える。

湊「（気になりながら）十二時」
依　里「（僕は）二時」
湊「二時？　二時？　何してたの？」
依　里「何って、麦野くん、寝るのもったいないって思うことない？　ないか」
湊「あるかもしれないけど」
その時、後ろから走ってきた大翔がその勢いで。
大　翔「どーん」
依里を突き飛ばし、湊に抱きつく大翔。
大　翔「なんで宇宙人と喋ってるんですか」
転んでいる依里。
大　翔「（笑って、依里に）どっきりどっきり。びっくりした？」
依　里「（無言で首を振る）」
大　翔「ノリ悪う、ノリ悪星人（と、微笑って、湊に）な」
大翔の腕が巻き付いてくるのを、首をすくめて、内心居心地悪そうにしている湊。
湊「おう……」

脱げた靴を拾っている依里が気になるが、大翔に肩を組まれて仕方なく歩いていく湊。

87 小学校の五年二組教室

放課後で、ワックスがけをしている生徒たち。
湊も掃除していると、保利が来て。

保利「（湊の頭に手をやって）麦野くん」
びくっとする湊。
保利、タンバリンの入った段ボールを湊に渡して。

保利「音楽係だったよな。えーっと（見回し、美青に）木田さん、一緒に行ってあげて」

美青「星川くんも音楽係です」

保利「あ、じゃ、星川、これ」

依里「はい」
依里が来て、二人でダンボールを運ぶ。

88　音楽準備室〜音楽室

所定の位置に段ボールをしまった湊と依里。
湊、さっさと行こうとすると、依里は吹奏楽部の管楽器、表彰状やトロフィーが並んだ棚を興味深そうに眺めている。

湊「（依里の首の痣を見て）……」
依里、ベビースターラーメンをポケットから出して。

依里「内緒ね」
自分と湊の手のひらにベビースターを分ける。
湊、食べずに、ベビースターを見つめ、……。

依里「直接は触ってないから汚くないよ」

湊「汚いとか思ってないよ」

依里「病気うつるって思って」

湊「そういうの学校に持って来てって思ったからだよ（と、食べて）……なんの病気？」

依里「教えたよね」

湊　「ほんとにさ、星川くんの脳は豚の脳なの？」
依　里「ブー（と、豚の鳴き真似をして微笑う）」
湊　「人間の脳と豚の脳は交換出来ないと思うけど」
依里、湊の長めの髪に触れる。
指先にくるくる絡める。
湊　「（どきどきして）……」
依　里「今度のクラスでも友達できないと思ってた……」
湊　「友達は友達だけど……」
音楽室の方から物音が聞こえ、びくっとする。
二人、準備室を出ようとして。
湊　「みんなの前で話しかけないで。（すぐに反省し）あ、でもやっぱり……」
依　里「いいよ。話しかけない」
湊　「……うん。ありがとう」
準備室から音楽室を経て廊下に出る二人。
校長の伏見がいて、床をコテで掃除していた。
湊　「（依里との会話を聞かれたかも、と）……」

伏　見「（顔を上げて、依里に）うん？　探しもの？」
依　里「保利先生に頼まれて片付けてました」
伏　見「そう、お疲れ様」
会釈すると、何故か廊下にいて、背を向けている美青とすれ違った。

89　麦野家（夜）

浴室の洗面台の前に立って、鏡の中の自分を見る湊。
髪の毛に触れ、不安が込み上げてくる。
引き出しからハサミを出す。
鏡に向かって、無造作に髪を切りはじめる。

90　5月12日、小学校の五年二組教室（日替わり）

髪が短くなった湊、保利の国語の授業を聞いている。
依里が起立して、教科書の音読をしている。

あまり上手くなくて、何度もつっかえる。
隣の席の美青が机の下で漫画を読んでいる。
美青、漫画を落としてしまい、湊の足下に転がる。
美青、湊に、拾って、と。
湊、保利が見ていないのを確認し、漫画を拾うと、
上半身裸の男性が抱き合うＢＬ漫画だった。
湊、……。
美青が、早く！と手を出すので、渡す。

×　　×　　×

休み時間で、湊、教室に戻って来ると、男子たちが
依里の机に集まっている。
大翔がにやにやしながら、依里のいない机の上にご
みを載せている。
大　翔「お掃除、お掃除ー」
大翔、黒板消しを机でバンバンする。
悠生が鉛筆削りのカスを撒く。
湊、見ていると、大翔と目が合って。

大　翔「はい、麦野も（と、黒板消しを差し出す）」
　湊、困惑しながら受け取って、……。
大　翔「どっきりだよ。宇宙人が戻って来る前に早くやって」
　湊、ためらいがあるが、依里の机を黒板消しで叩く。
　叩いていると、依里が女の子たちと楽しそうに戻って来て、見た。
　大翔たちがスマホで撮影したりして見守る。
　依里、何も言わずに、ごみ箱を持って来て、ごみを淡々と捨てる。
大　翔「はあ？　リアクション薄っ」
　大翔、依里の椅子を蹴る。
　その音にびくっとする湊。
大　翔「星川くんさ。黒田さんのホクロって、黒豆みたいだよね」
　近くの席の、ホクロのある黒田莉沙を指さして言う。
　笑う男子たち。
大　翔「黒田さんの黒豆ーって言って」
依　里「（首を振る）」

大翔「なんで？　言って？」
依里「思ってないから言えないよ」
大翔「なんで女子の味方すんの。おまえ、女子？　宇宙女子？」
　　笑う男子たち。
　　悠生が湊を見るので、湊も合わせて笑う。
　　その時、依里がこっちを見て、目が合った。
悠生「もっちもちよー（と、ミスカズオの真似をする）」
　　笑う生徒たち。
悠生「わたしのくちびる、もっちもちよー」
　　悠生が依里に向かってくちびるを突き出す。
大翔「キスキスキスキス」
　　悠生、キスの真似をするが、顔を背ける依里。
　　大翔と岳、背後に回って依里を掴んで、悠生に近づけようとする。
大翔「キスキスキスキス」
　　湊、立ち上がり、ロッカーの荷物を投げはじめた。
　　片っ端から放り出し、床に捨てる。

驚いて注目し、ざわつく生徒たち。
必死に投げ続ける湊。

91　街道

湊、ひとり帰っていると、通りの向こうに、うなり笛を回しながら帰る依里がいた。
依里は靴を隠されたのか、靴下で歩いている。
湊、依里の元に行こうとして歩道橋を渡る。
駆け寄ると、依里はマンホールに耳をあてて何か音を聴くようにしながら。
依　里「（マンホールに向かって）無理無理、無理だって」
湊「何？　何か聞こえるの？」
依　里「駄目だよ、出してあげられないよ。そこにいて」
湊、同じように寝そべり、マンホールに耳をあてる。
何も聞こえない。
顔をあげると依里は既に立ち上がっており、悪戯っぽく微笑って、走って行く。
からかわれた！と理解した湊、追う。
追いつき、スニーカーを片方脱ぎ、置く。

湊「今日、ごめん」
受け取り、スニーカーを片方履く依里。

依里「（真似して）今日、ごめん」
片方ずつ履いて歩みを合わせ、楽しくなる二人。

依里「さけどころうえだの自販機でコーラ買ったことある？」

湊「あるよ」

依里「あそこのコーラは三回に一回あったかいコーラが出るよね」

湊「嘘だよ」

依里「麦野くんは出たことない？」

湊「あるよ（と、言い張る）」

92　5月14日、道路～トンネル（日替わり）

自転車で来る湊と依里、倒れていた『旧富淵鉄道跡地』の看板を立て直す。

依里、いい感じの木の棒を見つけ、進む。

棒で花を示して、名前を言っていく。

依里「ノハラアザミ。イワタバコ。ハキダメギク」

湊「なんで花の名前なんか知ってんの」

依里「好きだからだよ。（わざと大声で）ツリフネソウ、コケイラン、ハコベヒ」

湊「お母さんが、男の子は花の名前なんか知らない方がモテるって」

依里「花の名前知ってる男は気持ち悪いって？」

湊「気持ち悪いとかは言わないよ。親だし」

依里「そうだよね」

湊「（依里は言われるのか、と思って）……」

目の前に、廃線跡の暗いトンネルがあった。

湊は臆するが、構わず入って行く依里。

依里「暗いのを怖がる男はモテないよ」

わざとそう言って、入って行ってしまった依里。
湊「星川くん」
湊、怖いけど、思い切って入って行く。
依里はうなり笛を鳴らしている。
足を取られ、転びそうになる湊。
依里、手を差し伸べる。
湊、ためらいながらも握り返し、起き上がる。

93　廃線跡地

湊と依里、トンネルから出て来ると、そこは崖の間にある廃線跡で、電車の車両が横たわっている。
草や苔で覆われ、塗装は剝げ落ちて錆び付き、窓の多くが割れて、車輪は落ち、朽ち果てた車両。
湊「……作ったの？」
依里「さすがに電車は作れないよ。まだね、誰にも教えたことないんだよ」

湊「言わないよ。言ったら、もったいないじゃん」
二人、車両の中に入る。
車内もひどく朽ちているが、クロスシートの座席は残っており、向かい合って座る。
錆びた窓を二人で持ち上げて開け、外を見る。

×　×　×

うなり笛を作っている湊と依里。
作り方を教えてあげている依里。

×　×　×

出来上がったうなり笛を回しながら走る湊と依里。
湊、ふっとある花を見つけて。
湊「……オミナエシ」
微笑う二人、顔を上げると、陸橋があった。
錆びた線路が真っ直ぐどこかに続いている。

94　5月15日、小学校の校舎裏あたり（日替わり）

95　廃線跡地

歩いてくる湊と依里。
依　里「なんで髪の毛切ったの？」
湊「普通に、イメージチェンジ」
依　里「（にやっとして）ふーん」
湊、目を逸らし、排水溝の中に気付く。
湊「（顔をしかめ）……猫だ」
依　里「猫っていうか、元猫」
湊「死んだら猫じゃなくなるの？」
依　里「死んだらなんでもそうだよ」
湊「人間は？　人間も元人間になるの？」
依　里「このままだと生まれ変われないかも」
地面に穴を掘った湊と依里、見下ろして。
湊「（かわいそうに思って）顔にも土かけるの？」
依　里「死んでるし」

湊「死んでも生きてるよってお母さん言ってたよ。死んだら花が咲いてるところに行くんだって……」

依里、落ち葉をかき集め、穴にかけはじめる。

湊も躊躇しながら少しずつかける。

依里、着火マンを出し、火を点けようとする。

湊「何してんの」

依里「こうしないと、生まれ変われないんだよ」

湊「何に生まれ変わるの？」

依里「次はこういうのがいいなって思ってるやつだよ」

湊「それだったら、やった方がいいか……」

火が点き、燃えはじめる。

湊「好きなものになれる？　なんにでもなれる？」

湊、見ていて、怖くなってくる。

湊「大丈夫かな。（周囲の木々を見回し）カリフォルニアみたいにならないかな」

依里「（じっと火を見つめている）消防車は来るかも」

湊「やめようか。やめよ。やめようよ」

湊、自分の水筒を出し、かけようとするが、出ない。
湊、水路の水を水筒ですくってくる。
燃えている落ち葉にかけて、火を消した。
湊、残念そうな依里から着火マンを奪って。

湊「星川くんがガールズバー燃やしたの？　ガールズバーにお父さんいたから？」

依里「お酒を飲むのは健康によくないんだよ」

湊「（そうだったのか、と）……」

96　麦野家（夜）

居間、父の遺影に向かっている湊と早織。

湊「今喋ったら、お母さんに聞こえるよね」

仕方なく外に出る早織。
湊、父の遺影に向かう。

湊「（遺影を見つめて）あのさ。友達出来たよ。でも、お母さんには内緒ね。秘密の友達だから」

97　5月19日～6月4日、廃線跡地（日替わり）

朽ちた車両を、拾って来た色とりどりのビニール傘などのごみで飾っていく湊と依里。

徐々に車両が秘密基地っぽくなってきた。

車内にも段ボールで装飾し、紐が蜘蛛の巣状に張り巡らされ、太陽系の惑星などがぶら下がり、宇宙空間を模したようになった。

×　　×　　×

車内、座席に向かい合い、給食のピーナッツバターを塗ったパンを食べながらインディアンポーカーをしている湊と依里。
湊は額に『ブタ』、依里は『カタツムリ』のカードを貼っている。
湊・依里「かーいぶつ、だーれだ」
湊　「君はね、コンクリートを食べます」

依　里「君は空を見上げることが出来ません」
湊　「空を……（理解し）僕はぽっちゃりしてますか？」
依　里「わりとぽっちゃり代表ですね。僕は食べれますか？」
湊　「わりと高級品です」
二人、せーので。
湊　「ブタ」
依　里「カタツムリ」
正解で、続いて、新しいカードを取り、貼る。
湊は『ナマケモノ』、依里は『マンボウ』で。
湊・依里「かーいぶつ、だーれだ」
依　里「君はね、すごい技を持っています。鷹に襲われた時などに使います」
湊　「蹴りますか」
依　里「蹴りません」
湊　「毒を出しますか。噛みますか」
依　里「（首を振り）君は敵に襲われると、体中の力を全部抜いて諦めます」

湊　「それは技じゃないね」

依　里「感じないようにする」

湊　「技じゃないよ。僕は星川依里くんですか？」

依　里「（微笑って）」

湊　「保利先生に言ったら？　保利先生いい人だよ」

依　里「男らしくないって言われるだけだよ」

湊　「嫌？」

依　里「豚の脳だからね」

湊　「豚の脳じゃないよ。星川くんのお父さん、間違ってるよ」

依　里「パパ、優しいよ。絶対病気治してやるって。治ったら、
　お母さん帰って来るって」

湊　「病気じゃないと思うんだけどな」

依　里「ま、親だしさ、気を遣うじゃん」

湊　「それはうちも気は遣うけど」

依　里「お父さん、死んだんでしょ」

湊　「本当はね、のぐちみなこさんていう女の人と温泉行って、
　事故死したの」

依　里「へー」

湊　「のぐちみなこさんはね、ダサいニット着てるんだよ（と、微笑う）」

依　里「（微笑って）へー。うちのママはね。パパの切手コレクションに牛乳こぼしたんだよ（と、微笑う）」

湊　「（微笑って）へー」

依　里「（微笑って）ソビエトの切手だったの。ソビエトの切手だから殴られたの」

湊　「（微笑って）へー」

依　里「面白くない？」

湊　「だいぶ面白いね」

笑う二人、またカードを選んで。

×　　×　　×

湊・依里「かいぶつだーれだ」

四つん這いになって、犬のように吠える湊と依里。
吠えながら、四つん這いで駆け回る二人。

98　6月6日、小学校の五年二組教室（日替わり）

休憩時間、黒板を消している依里の背中に、『ぼくは今日うんちをもらしました！』と貼ってある。

湊、席でそれを見て葛藤していて、席を立とうとした時、隣の美青が鼻をすすっているのに気付く。

美青はＢＬ漫画を読んで泣いていた。

抱き合っている裸の男性二人の絵を見せてくる。

美　青「見て。愛し合ってる二人が死んじゃうの。結ばれない運命なんだよね」

湊　「（目を逸らして）……」

99　廃線跡地

車内で作文を書いている湊と依里。

依里、原稿用紙の一番上の行に『む』『ぎ』『の』『み』『な』『と』と横に埋め、湊は『ほ』『し』『か』『わ』

『よ』『り』と埋める。
その周囲を文章で埋めていく。

×　×　×

湊「ビッグランチ」
依里「うん。宇宙って膨張し続けてるんだよ。今も風船みたいにどんどん膨らんでいるんだよ」
湊「へー」
依里「最終的には、宇宙がいっぱいいっぱいまで膨らんだら、パーンって割れるんだよ」
湊「地球は割れなくない？」
依里「地球も割れるよ」
湊「地球も宇宙になるってこと？」
依里「地球も宇宙だよ」
湊「宇宙って壊れるの？」
依里「時間が戻るんだよ。逆回転して、時計も人間も電車も猫も後ろ向きに進んで、牛丼は牛に戻って、うんこはお尻に入る」

湊「えー」

依里「人間は猿になって、恐竜が復活して、また宇宙が出来る前に戻るんだよ」

湊「いつ？」

依里「もう、ちょっとかな」

×　×　×

重い車輪を転がして運んでいる湊と依里。

石に乗り上げてしまい、思わず手を離してしまう湊。

車輪が倒れ、足を挟まれた依里。

×　×　×

車両の中、座席に横たわっている依里。

濡れタオルで依里の足首を冷やしてあげ、泣きそうな顔をしている湊。

依里「麦野くんのせいじゃないよ。考えごとしてたから。なんかさ、転校するみたいなんだよね」

湊「ソビエト？」

依里「おばあちゃんの家」

湊　「へえ……」

依里「だからさ、もうあんまり色々心配しなくていいよ」

湊　「（泣きそうになりながら）へえ、お父さんに捨てられるんだ。ウケる」

依里「そうだね」

湊　「違うよ、わざとだよ。わざと面白く言ったんだよ」

依里「怒ってないよ」

湊、依里の体を掴んで。

湊　「嫌だよ、いなくなったら嫌だよ……」

すぐ近くに依里の顔がある。

湊　「（どきっとし、我に返って慌てて離れて）……ごめん」

依里、体をすり寄せてくる。

湊の体に腕を回し、首筋に顔を寄せる。

湊　「（え、と）」

湊、どきどきしながら身を任せている。

依里、体を密着させる。

湊の呼吸が荒くなり、震える。

100　道路

湊、自分の体の異変に気付いて。

湊「待って。待って。どいて。どいて……どいてって」

湊、依里から離れる。

湊、下半身に違和感があって。

湊「（何か怖くなって、顔が歪んで）……」

依里、湊の状況に気付いて。

依里「（首を振り）大丈夫なんだよ。僕も……」

怖くなる湊、依里を突き飛ばす。

倒れ、床に体を打ち付けられる依里。

湊、逃げるように車両から出る。

トンネルを抜けて、走って出て来た湊。

振り返り、迷うが、また走り出す。

101　6月7日、小学校の五年二組教室（日替わり）

休憩時間、図工の時間が終わって、片付けている生徒たち。
湊、片付けながら、横目に依里を見る。
依里の足首はまだ少し赤らんでいるようだ。
大翔、絵の具を持っていて。

大翔「ごみ箱発見」

大翔、絵の具を搾って、依里の机になすりつける。

大翔「どっきり成功ー」

依里、黙ってタオルを取り出し、拭こうとする。

大翔「なんだよー、笑うところ、笑うところだよ」

大翔、タオルを取り上げ、悠生に渡す。
生徒たちに回されていく。
湊の元に来た。
湊、困惑し、次に渡せない。
依里が来て、返してと手を差し出す。

湊、迷いながら返す。

大翔「（湊に）は？　何で？　おまえ、星川と友達なの？」

湊「（俯いたまま首を振る）」

大翔「星川のこと好きなの？」

大翔、悠生、岳たち、湊を囲んで。

大翔・悠生・岳「ラブラブ、ラブラブ、ラブラブ」

立ち上がった湊、依里の元に行き、タオルを取りあげようとする。

依里は返さない。

引っ張り合ううちに手に付いた絵の具が顔にも付く。

もみあって床に倒れる。

湊、依里の上に馬乗りになり、頭を押さえつけながら髪の毛を引っ張る。

絵の具まみれで、今にも泣き出しそうな湊。

入って来た保利、驚いて駆け寄ってくる。

保利「麦野。麦野」

引き離そうとするが、湊はやめない。

湊、苦悶の表情で、……。

102 保健室

保利に連れられて、治療に来た湊と依里。二人並んで顔を洗っている。

保　利「本当は職員室に報告しなきゃいけないんだけどさ、内緒にしとこうか。はい、じゃあ仲直りだ。男らしく握手しよう。ほら」

湊と依里の手を取って、握手させる保利。

依里の顔を見ることが出来ない湊。

保健の先生「じゃあ、体操着に着替えちゃおうか、ふたりとも」

103 廃線跡地（夕方〜夜）

訪れた湊、車両に入る。

依里はいなかった。

ＬＩＮＥを開いて、依里に宛てて『来てるよ』とメッセージを送る。
しかし既読にならない。

×　　×　　×

外はすっかり暗くなっていて、スマホの懐中電灯の光を天井に向けて漂わせている湊。
ふいに鳴って、落としてしまう。
慌てて拾うと、依里からのＬＩＮＥで『行かない』とある。
湊、『怒ってる?』と返す。
依里から、『怒ってない』と。
湊、『おいでよ』と。
依里、『もう行かない』と。
湊、『何で』と。
依里、『またさわりたくなるから』と。
湊、困惑し、……。
湊、『さわっても大丈夫』と。

返事はない。

湊、『昨日二時に寝た』と。

返事はない。

湊、『寝るのもったいなかった』と。

少しして、依里から、『待ってて』と。

湊、嬉しく、『早くね』と答え、どきどきする。

車両の継ぎ目に花が咲いているのが見えた。

104
トンネル

トンネルまで迎えに来た湊、片手に摘んだ花を持ち、スマホの光であたりを照らしながら進む。

前方からも見え隠れする光が見えた。

湊、笑顔になって、スマホの懐中電灯を振り、合図を送りながら近付く。

湊「かーいぶつ、だーれだ。かーいぶつ、だーれだ」

しかし向こうから来たのは、早織だった。

105
道路

早織が駆け寄ってきて、抱きしめられた。
困惑していると、早織の肩越しに依里の姿が見えた。
依里、湊が早織といるのを見て、引き返していった。

自宅に向かって走る自動車。
助手席の湊、依里にＬＩＮＥをしている。
しかし返事はなく。

湊「……ごめん」
早織「うん？　耳、痛い？」
湊「ごめん……僕ね、男かどうかわからない」
対向車線の大型トラックとすれ違った。
早織「（聞こえず）うん？　ま、お父さんはそんなもんじゃなかったけどね。ラガーマンだったから、ただいまーって帰って来て、普通に複雑骨折してるんだよ（と、笑う）」
湊、早織の話を聞きながら、つらくなっていく。

早　織「そういう男らしいところ好きになってさ。結婚して、湊が生まれて。今はお母さんだけだけどさ」

その時、依里から着信がある。

どうすればいいのかわからず、動揺する湊。

早　織「お父さんに、約束してるんだよ。湊が結婚して、家族を作るまでは頑張るよって。どこにでもある普通の家庭でいい。湊が家族っていう一番の宝物を手に入れるまで」

湊、シートベルトを外し、ドアノブに手をかける。

106　6月9日、麦野家（日替わり、夜）

早織と一緒にテレビ番組のミスカズオのギャグを見ている湊。

早織の声「ばかだねー」

逃げるように二階に行き、自室に入る湊。

スマホを手にし、ブラウザの検索スペースにミスカズオと打ち込む。予測検索に『笑える』『好き』『恋人』『気持ち悪い』と出る。

エンターのボタン押そうとするが、何か怖くなり、閉じる。

107 6月22日、小学校の廊下~男子トイレ（日替わり）

湊、男子トイレに入ろうとすると、大翔と悠生と岳が出て来て、にやにやしながら立ち去った。

湊、怪訝に思いながら入る。

背後で扉を叩く音がし、見ると、『故障中　使用してはいけません』と書かれた貼り紙のある個室からだ。

依里の声「誰ですか?　開けてください」

湊、依里だと気付き、……。

依里の声「開けてください。開けてください」

湊、答えず、逃げるようにトイレを出る。

保利とすれ違って、どきっとする。

保利「お。出たか？（と、小便する真似）」
　湊、目を合わさず、慌てて立ち去る。

108　6月23日、駅近くのファーストフード店（日替わり）

　ジュースを飲みながら話している湊と美青。

美　青「わたしはね、応援してるの」

　美青、スマホで写真を表示し、湊に見せる。

　音楽準備室にいる湊と依里を窓の隙間から盗み撮りしたものだ。

　二人は顔を寄せ合い、依里が湊の髪に触れている。

湊　「（動揺し）……」

美　青「二人の関係はね、尊いものだよ。カミングアウトした方がいいと思う。カミングアウトっていうのはそういう形の愛もあるんだって公表すること。自分で言えなかったら、わたしが代わりに言って……」

　湊、美青の腕を掴む。

美青「痛い……」
湊、力を緩めず、そのまま突き飛ばした。
他の客、店員たちが驚いて見ている。
美青「何で怒るの」
湊「そんなことしたら殺す」
店を飛び出して行く湊。

109
7月8日、麦野家（日替わり、夜）
居間、湊を正面に座らせ、部屋を出ていく早織。
湊、遺影を見つめ、ぽそっと言う。
湊「……何で生まれたの」
何も言わない遺影。

110
7月20日、小学校の五年二組教室（日替わり）
朝の会が行われており、席に着いている湊、淡々と教科書の支度をしている。
依里の席は空いている。

111　昇降口〜中

授業を終え、教室に戻る湊。
ここそこ話している生徒とすれ違う。
なんだろうと思いながら進むと、保利がいた。
目が合って、近付いてくる保利。
背を向け、逃げる湊。

112　生徒相談室

パーティションの向こうのソファーで、カーテンの揺れているのを見ている湊。
向こうで正田と品川が話しているのが聞こえる。
正田の声「また面倒なことになるなあ。保利先生は？」

品川の声「屋上から動かないんですよ」
正田の声「じゃ僕おびきよせるから、品川先生、なんか棒とかで」
話しながら正田と品川が部屋から出て行く音がした。
湊、窓際に行き、開ける。
風が吹き込んでカーテンが揺れ、窓枠に手を付く。
気配を感じて振り返ると、さっきからずっといたらしい伏見が座っており、湊を見ていた。
湊「……ごめんなさい」
伏見「誰に謝ってるの」
湊「保利先生は悪くないです」
伏見「そう」
湊「僕、嘘つきました」
伏見「そう」
立ち上がり、傍らに来る伏見。
伏見「そうか。嘘言っちゃったか。一緒だ」
湊「（え、と伏見を見る）」

113
音楽室

入って来る湊と伏見。

棚に管楽器が並んでいる。

伏　見「校長先生ね、音楽の先生だったんだよ。昔は全国大会にも出てた吹奏楽部だったの……吹いてみる？」

伏見、トロンボーンを手にし、湊に持たせる。

伏　見「（直して）こっち向き。そう。左手はここ掴んで、人差し指をここ、添えて、そうそうそう。ここを、右手の親指、人差し指、中指で摘まんで。そうそう。見たことあるかな、これ伸ばして、音程が変わるんだよ。そしたら、ここに口。唇、緩めて。そう。吸って、吐く。スイカの種を飛ばすみたいに、ぷーって」

湊、吹いてみるが、あまり鳴らず、首を傾げる。

伏　見「悪くないよ」

湊、また吹いてみると、少し鳴った。

伏　見「（微笑み）もうちょっと軽いのがいいかな」

伏見、別の楽器を選ぼうとする。

湊「……校長先生は子供が死んだって本当？」

伏見「子供じゃなくてね、孫。五歳で死んだの」

湊「なんで？」

伏見「車に轢かれちゃった。かわいかったんだよ？　うちに遊びに来る時はね、いつも手に、いしかりを持ってるの」

湊「（いしかり？と）」

伏見「フェリーの名前。北海道に行った時に乗ったフェリーのおもちゃをいつも持ってたの。ここのところにね、お風呂があるんだよ。カラオケもあるんだよ。ばあばも今度一緒に乗ろうね。そういうね、こと言って」

湊「ふーん」

伏見「いしかりのことはね、なんでも知ってるんだよ。全長百九十九メートル、総トン数一万五千七百九十五トン。最大速力……」

言葉が途切れる。

伏見、その腕の中の記憶を思い返して。

伏　見「まだね、生きてたの。待っててねって、救急車呼びに、電話かけ行ってる間に、ひとりで死んじゃった」

湊　「（伏見を見つめ）……」

伏　見「そうね、嘘って苦しいね」

湊　「……僕はさ」

伏　見「うん」

湊　「あんまりわからないんだけどね」

伏　見「うん」

湊　「好きな子がいるの」

伏　見「そう」

湊　「人に言えないから嘘ついてる。お母さんにも嘘ついてる」

伏　見「そうなの？」

湊　「僕が幸せになれないってバレるから」

伏　見「……」

湊　「なれない種類なんだよ」

伏　見「そうか」

湊　「あんまりわからないんだけどね」

伏見はホルンを手にして。

伏　見「じゃあね、誰にも言えないことはね、（吹く真似をし）ふーって」

湊　「（自分の持つトロンボーンを見る）」

伏　見「（頷き）ふーって」

伏見、ホルンにくちびるを当て、吹く。

重く大きな音が鳴る。

湊、トロンボーンを吹く。

弱いけど、鳴った。

伏見、うんと頷く。

湊はトロンボーンを、伏見はホルンを吹く。

同時に鳴り響く。

伏見、ホルンを離し、言う。

伏　見「そんなの、しょうもない。誰かにしか手に入らないものは幸せって言わない。しょうもないしょうもない。誰でも手に入るものを幸せって言うの」

湊　「（その言葉を思って）……」

また二人で吹く。

114 街道（夜）

自転車に乗って全力で走る湊。
ハンドルに結んだうなり笛が鳴っている。

115 星川家の前～室内

自転車を停め、星川家の前に立つ湊。
玄関のインターフォンを押す。
返事がなく、もう一度押そうとすると、ドアを開き、
依里が出て来た。

湊「あのさ……」

依里はひとりではなく、清高も一緒にいた。

清高「（品定めして湊を見て、依里に）教えてあげたら？」

依里「（頷き、湊に）僕ね、病気治った」

湊　「（え、と）」
依　里「心配かけたけどさ、もう大丈夫（と、笑顔）」
湊　「……治ったって」
依　里「普通になったんだよ」
湊　「元々普通だよ……」
清　高「君だってつらいだろ」
湊　「（首を振り）楽しいです。つらくないです」
清　高「親御さんが悲しむし、世の中は冷たいからね、迫害を受けることになってしまう」
湊　「楽しいです。つらくないです。楽し……」
清　高「（遮り、依里に）おばあちゃんちの近くに好きな子がいるんだよな？」
依　里「新藤あやかちゃん」
清　高「（湊に）今まで遊んでくれてありがとうね」
依　里「ありがとうね」
清高、ドアを閉め、笑顔で手を振る依里が消えそうになったその時。

依里「ごめん、嘘」

　飛び出してくる依里、湊に手を伸ばす。

　湊、はっとして手を伸ばす。

　しかし清高が背後から依里を引き戻し、室内に引きずり込むと、ドアを閉めた。

　湊、ドアを開けようとして。

湊「星川くん。星川くん。星川くん」

　湊、ガムテープの貼ってあるインターフォンを押す。

　こびりついたガムテープを剝がしながら話す。

湊「あのさ。口内炎、出来たことある？　俺、たまに出来る。今ね、こっちのこと、こっちのここに二個ある。だからあんまりちゃんと喋れない。うちの親は、氷食べなさいって言う。氷食べたら口内炎痛いの治るよって。絶対治らないと思う。そういうのすごく多い。あんた、パーで走ってるでしょ。グーで走りなさい、グーの方が速いからって。パーもグーも絶対同じだと思う。星川くんはさ、口内炎……あのさ台風、来てるんだよね。知ってる？　八号。今宮古島。台風の一番真ん中はものすごく静かって本当かな。音が吸い込まれて消えるのかな。そこで大きい声出したら、全部台風に吸い込まれるのかな。ねえ、ＳＵＩＣＡ持ってる？　二人で一緒にどっかいこ？二人で住も？」

116

7月21日、通り～麦野家の前（日替わり、夕方）

帰って来た湊。

買い物から帰って来た早織がいるのが見えた。

湊、誰もいない通りに向かって、手を振って。

湊「じゃあね。また明日ね」

そんな芝居をして、家の前に向かって走る。

早織が安堵の笑顔で迎える。

湊、木の枝に向かってジャンプし、花に触れた。

笑顔でガッツポーズする早織を見て、微笑う湊。

117　7月22日、麦野家（日替わり、早朝）

音を立てないように自室から出て来て、早織の寝室の前に立つ湊。

ドアに別れを告げ、居間の父の遺影を見つめる。

玄関に行き、置いてある片方のスニーカーを見て、ドアを押さえながら風の吹きつける外へと出て行く。

118　小学校の校長室

外はまだ暗く、激しい風が吹いている。

デスクに向かって、便箋にペンを走らせている伏見。

書き終え、退職届と書かれた封筒にしまい、置く。

引き出しから写真立てを出す。

孫と共に撮った写真を見つめ、鞄にしまう。

防災スピーカーのサイレンが聞こえる。

119　湖のほとり

激しい雨の中、湖に向かって立っている伏見。
傘を閉じ、水面に向かって歩き出す。
向こうに子供らしき人影が見えた。
自転車で走って行く湊だった。
伏見、……。

120　星川家の室内

庭に面した戸が開き、入って来るずぶ濡れの湊。
靴を脱いで外に置く。
室内は暗く、スマホの懐中電灯を点け、照らす。
缶チューハイのロング缶が何本も転がっている。
水を流す音が聞こえる。
湊、浴室に入り、スマホの光を向ける。
出しっぱなしになったシャワー、浴槽に服を着たままぐったりとして意識を失った様子の依里。

湊、呆然としていると、呻き声をあげる依里。

湊、はっとして浴槽に入り、依里を抱き起こして、手が滑ったり、転びそうになりながら出る。

重い体を居間まで必死に連れ出したところで、力尽き、倒れる。動かなくなった。

121 星川家の前

伏見、置いてある自転車のハンドルにぶら下がったうなり笛を見ている。

122 星川家の室内

伏見、庭の戸を開け、入って来る。

倒れている湊と依里。

驚き、伏見、二人を抱き起こし、息をしているのを確認する。

交互に背中をさすってあげる。

目を開ける湊と依里。

安堵する伏見。

伏　見「どこか痛い？」

湊も依里も首を振る。

依　里「お父さんに怒られる……」

湊　「逃げよ」

伏　見「（そんな二人を見つめ）……立てる？　歩ける？　でも二人共、びしょびしょね。着替えなさい。洋服、どこにあるの」

伏見、見回し、積んである衣服を見つける。

伏　見「出しっ放し」

伏見、二人分のシャツとズボンを持って来る。

伏　見「はい、じゃあそこ立って」

伏見、依里に服を着せる。

伏　見「はい、手あげて。はい、こっちの手。よいしょ。はい、

伏　見「はい。はい。はい」

伏　見「よいしょ。もうちょっと。はい。はい。はい出来た」

伏　見「（並んだ二人を見つめ、思い返し）ごめんね……」

伏　見「じゃあね、大丈夫だから、はい、行きなさい」

依　里「ありがとう」

伏　見「（ありがとう？と首を傾げて苦笑し）こちらこそ」

伏　見「（微笑み見送って）」

次ズボン。足あげて。こっちも。よいしょ。はい。じゃ次あなた」

伏見、湊にも服を着せる。

以前そうしていたことを思い返す。

着せ終えた。

意識せず自然と口から出てしまった言葉に、苦笑する伏見。

湊と依里、出て行きかけて。

出て行く湊と依里。

伏見、床に放り出された洋服などを集めていく。

123　道路

伏　見「全長百九十九メートル、総トン数一万五千七百九十五トン。最大速力二十六ノット、旅客定員七百六十八……」

暴風雨の中を走る湊と依里。
両手を広げ、空を仰ぐ。
解放され、楽しい。
山の方へと走っていく。

124　大翔の家

かすかに消防車のサイレンの音が聞こえる。
大翔が表に出る。

大　翔「ばあちゃん、救急車かな、消防車かな」
遠くを見つめている大翔。

125　美青の家の玄関前廊下

外を眺めている美青。

腕に枕を抱き、遠くを見つめている美青。

126　道路

清高「パパがどれだけおまえのこと大事に思ってるかわかってる？　パパはさ、いつもお前の将来のこと…」

家に帰ろうとしている清高。

消防車のサイレンの音が聞こえる。

見回していて側溝に足を踏み外し、尻餅をつく。

ぽかんとし、遠くを見つめる。

127　廃線跡地

顔も服も泥まみれになりながら、トンネルを抜けて走って来る湊と依里。
湊、吹き付ける雨風と目に入る泥で視界がぼやける。
雨に打たれて立ち尽くしていると、何かが向こうからやってくる。
走ってきた一頭の馬。
湊、目を奪われて、……。
馬は傍らを通り過ぎ、トンネルの中に走り去った。
きっと父の生まれ変わりだと思う湊。
依里「麦野くん」
はっとすると、車両の横で依里が呼んでいる。
崖の木が折れて、倒れてきた。
湊、依里の元へと走る。

×　　×　　×

車両の中に入ってきた湊と依里。
座席に腰掛け、息を切らしながらも、お互いの泥まみれの顔を見て笑う。
置いてあったクッキーの缶を開け、中から食べかけのベビースターを出し、分け合って食べる。
依　里「(口の中を指差して)もう治ったの？　口内炎」
湊　「(首を振る)まだ痛い」
微笑う二人。
小石のようなものが繰り返し車両に当たる音がする。
やがて地鳴りのような音に変わる。
車内が揺れる。
依　里「出発するのかな」
湊　「出発の音だ」
微笑って、地鳴りの音を聞く二人。
湊と依里の声「かーいぶつ、だーれだ」

128　走っている電車の中

夜なのか、トンネルの中なのか、それとも別の場所なのか、ひどく暗い。
湊と依里の電車が走っている。

座席に向かい合って座って、インディアンポーカーをしている湊と依里。
湊の額には『ゴリラ』、依里には『カタツムリ』が貼られている。

湊　「君には歯が一万本以上あります」
依里「嘘お」
湊　「コンクリートを食べます。マイナス一二〇度でも生きられます」
依里「あ、あー」
湊　「僕は空を飛びますか？」
依里「飛びません。君はね、好きな人にうんちを投げます」
湊　「えー。わかったけど」
二人、せーので。
湊　「ゴリラ……」
依里「カタツムリ……」
そう言った瞬間、現実に戻る。
傾いた車両の窓から水路に落ちる二人。

水路から這い出る。
二人共、泥だらけだ。
湊は靴が脱げてしまっている。
依里、靴を片方脱ぎ、湊、それを履く。
片方の靴で面白がって歩き出す。
依　里「生まれかわったのかな」
湊　「そういうのはないと思うよ」
依　里「ないか」
湊　「ないよ。もとのままだよ」
依　里「そっか。良かった」
走る二人。
嬉しそうに笑う。
朝陽が差してきた。
保利と早織の二人を呼ぶ声が背後から聞こえた。
立ち止まり、振り向く二人。
カメラをしっかりと見返す。
問う二人。

手を繋ぎ、また走り出す。

終わり

坂元裕二（さかもと　ゆうじ）
1967年生まれ、大阪府出身。19歳で第1回フジテレビヤングシナリオ大賞を受賞しデビュー。「わたしたちの教科書」(CX)で第26回向田邦子賞、「それでも、生きてゆく」(CX)で芸術選奨新人賞、「最高の離婚」(CX)で日本民間放送連盟賞最優秀賞、「Mother」(NTV)で第19回橋田賞、「Woman」(NTV)で日本民間放送連盟賞最優秀賞、「カルテット」(TBS)で芸術選奨文部科学大臣賞を受賞。近年の作品には「anone」(NTV)、「大豆田とわ子と三人の元夫」(KTV)、「初恋の悪魔」(NTV)などがある。映画では、菅田将暉、有村架純主演の『花束みたいな恋をした』がある。

怪《かい》物《ぶつ》

2023年6月 2 日　初版第1刷発行
2024年2月20日　初版第4刷発行

著	坂元裕二
発行者	五十嵐淳之
編集人	下田桃子
編集	高橋 真
装丁	石井勇一（OTUA）
写真	末長 真
発行	株式会社ムービーウォーカー
	〒102-0076　東京都千代田区五番町3-1 五番町グランドビル3F
発売	株式会社KADOKAWA
	〒102-8177　東京都千代田区富士見2-13-3
印刷・製本	図書印刷株式会社

■ 内容に関するお問い合わせ　https://moviewalker.co.jp/
■ 製造不良品につきましては下記の窓口にて承ります。
0570-002-008（KADOKAWA 購入窓口）
定価はカバーに表示してあります。

ISBN978-4-04-000658-1　C0093

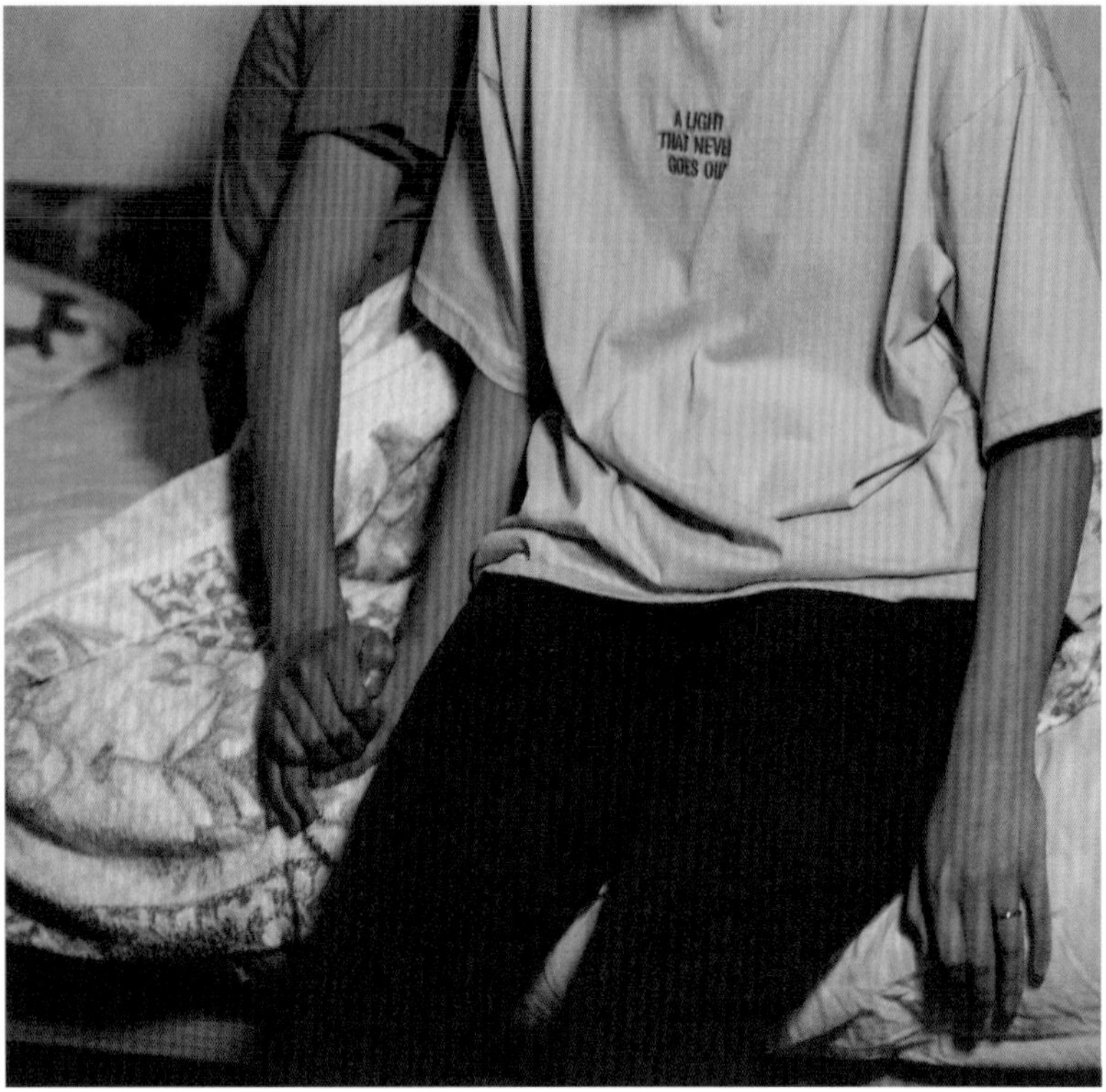
A LIGHT
THAT NEVE
GOES OU

5 Minutes
ナメクジ
オオカミ